Sina Blackwood

SEHNSUCHT, SEX & ABENTEUER

Bibliografische Informationen der Deutschen Nationalbibliothek:
Die Deutsche Nationalbibliothek verzeichnet diese Publikation in der Deutschen Nationalbibliografie; detaillierte bibliografische Daten sind im Internet über http://dnb.de abrufbar.

© 2. Auflage: Februar 2022

Herstellung und Verlag:
BoD – Books on Demand, Norderstedt
ISBN: 9783755791386

Die übliche Unruhe

Seit Maja an der Burg Fragenstein nach einem Sturz von einem Felsen gerettet wurde, sind einige Monate vergangen. Man hatte ihr die Erklärung, sie sei bei Nacht vom Weg abgekommen, ohne Abstriche geglaubt. Zumal die Hotelangestellten übereinstimmend aussagten, sie sei mit einbrechender Dunkelheit losgezogen, um die Reste der Burg zu bestaunen. Gut für Maja, denn die Wahrheit hätte man als blanke Spinnerei abgetan. Sie hatte es sogar geschafft, mit dem gebuchten Reisebus wieder mit nach Hause zu fahren, und das Leben schien seinen altgewohnten Trott zu gehen – aber eben nur für die anderen.

Auf der Heimreise von Tirol hatte sie sehr viel Zeit, über all das Erlebte nachzugrübeln und sich Gedanken über Nico zu machen, der höchstwahrscheinlich die Retter gerufen hatte. Die Namensgleichheit wäre sonst ein äußerst seltsamer Zufall gewesen. Ob er wohl ahnte, dass sie viele Jahre in einer anderen Zeit gefangen war? Hatte er es gar bewirkt, indem er von einer Existenz in die nächste wechselte? Wo würde sie ihn das nächste Mal unverhofft treffen? Tausend Fragen und jede warf eine neue auf, statt beantwortet zu werden.

Fakt war, dass sich Maja immer mehr nach Nico sehnte. Daran hatten auch die Jahre mit Ritter Georg im 15. Jahrhundert nichts geändert.

Bei den Gedanken an Georg konnte sie es nicht verhindern, dass heiße Tränen über ihre Wangen kullerten. Er war immer für sie da gewesen und wäre mit ihr sicher bis ans Ende der Welt geritten, hätte sie das auch noch sehen wollen. Er musste sterben, weil er sie beschützt hatte. Aber sein Tod hatte ihr die Rückkehr nach Hause ermöglicht.

An diesem Punkt stutzte Maja und kam auf den Gedanken zurück, dass Nico die Fäden gezogen haben könnte. Schließlich entführte der sie in stets wandelnder Gestalt in unterschiedliche Zeiten. War Nico womöglich sogar identisch mit Georg? Der erschien schließlich, als sie den Erzherzog für immer verlassen hatte. Und das Tor öffnete sich, als er aus dieser Welt gehen musste. Andererseits … Maja gab es rasch auf, das Geheimnis wirklich ergründen zu wollen. Womöglich verschwand Nico dann für immer, was für sie einer Katastrophe gleichkommen würde.

Obwohl gerade erst wieder zu Hause, packten sie schon nach wenigen Tagen erneut die übliche Unruhe und das Fernweh. Nico fehlte ihr. Zudem hatte sie jetzt mehrere Jahre eine Freiheit genossen, die das 21. Jahrhundert so nicht zuließ. Sie holte ihren kleinen Rollkoffer hervor, um ihn für die nächste Reise zu überprüfen.

Die Außenseite war topp, die Räder waren in Ordnung, der Reißverschluss funktionierte tadellos und das Innenleben ließ auf den ersten Blick ebenfalls nichts zu wünschen übrig. Maja öffnete den Verschluss des Innennetzes und bekam tellergroße Augen – genau am Falz hingen zwei winzige Raupen, die sich in feste Seide eingesponnen hatten, welche nicht etwa einfach nur beige oder weiß war. Nein, sie schillerte, je nach Lichteinfall, in den zartesten Bonbonfarben.

„Motten?", überlegte Maja laut und holte eine Lupe.

In Anbetracht der Tatsache, dass weder die letzte Kleidung noch die Kofferbestandteile irgendwelche Löcher aufwiesen, und die Optik gar so verwirrend war, verwarf sie den Gedanken sofort.

„Was seid ihr?", murmelte sie, während sie versuchte, die beiden seltsamen Puppen mit einer Pinzette abzuzupfen.

Du kennst uns nicht? Tz, tz, tz, hörte sie es deutlich in ihren Gedanken flüstern.

Maja hielt inne. „Schmetterlingsgedanken. Das gibt es doch nicht! Ihr habt überlebt?! Ich habe euch oft schmerzlich vermisst."

Das glauben wir dir sogar, denn sonst hättest du uns jetzt gar nicht sehen können. Nur wird es eine Weile dauern, bis wir wieder richtig zahlreich sind.

„Das ist mir völlig egal, Hauptsache, ihr seid wieder bei mir."

„Telefonierst du?", hörte Maja ihren Mann fragen und schreckte zusammen.

„Nein, ich diktiere Stichpunkte für ein neues Buch ins Handy", erwiderte sie geistesgegenwärtig, was die Gedanken amüsiert kichern ließ.

Fast wie in alten Zeiten, dachte Maja, worauf sich etwas in den pastellfarbenen Hüllen bewegte. Sie schaute genauer hin und bemerkte, dass sich die winzigen Tiere zum Schlupf bereit machten. *Ich lasse den Koffer einen Spalt offen,* versprach sie.

Das amüsierte Grinsen der Schlüpflinge konnte sie nicht sehen. Dabei hätte sie wissen müssen, dass die Gedanken auch aus dem geschlossenen Koffer zu ihr vordringen würden, so sie es zuließ.

Das Leben im 21. Jahrhundert wäre ohne die *kleinen Biester,* wie Maja die witzigen Schmetterlingsgedanken nannte, auch kaum zu ertragen gewesen. Man musste einfach einige Dinge mit bissiger Ironie betrachten.

Allerdings wirkte sich der Ausflug ins 15. Jahrhundert so aus, dass die Neugier auf Altes, das sich erhalten hatte, nur noch gewachsen war. Zudem stieß Maja das Gesehene an, Notizen für unzählige neue Romane und Kurzgeschichten zu hinterlegen, um bloß nichts zu vergessen. Gleichzeitig stieg das Verlangen, einige Dinge noch einmal zu betrachten. Nur diesmal unter einem ganz anderen Blickwinkel. Sowohl der Koffer als auch die neugierigen frisch geschlüpften Gedanken warteten schließlich auf neue Abenteuer. Oder auf alte, die man eben neu beleuchten konnte.

Vor Jahren hatte Maja in Waldenburg recherchiert und es trieb sie, noch einmal dahin zu fahren. An einem sonnigen Samstag setzte sie ihren Plan in die Tat um. Geführte Tagesfahrten mit dem Reisebus waren nicht zu haben gewesen, so fuhr sie schließlich mit dem Auto.

Die weiten Felder links und rechts der Autobahn ließen sie gleich wieder an den langen Ritt mit Georg denken, auf dem es erfreulich mehr zu sehen gegeben hatte. Wenigstens ging die Fahrt zügig voran und Maja stellte ihr Auto auf einem Parkplatz in der Nähe des Schlosses ab.

Dieses hatte man zwar auf den Resten einer Burg aus dem 12. Jahrhundert erbaut, war aber nicht das eigentliche Ziel ihrer Reise. Auch, dass die Hussiten 1430 die Burg zerstört hatten, und danach der Auf- und Umbau als Schloss erfolgte, wusste Maja. Ganz zu Schweigen, von weiteren Änderungen im 18. und 21. Jahrhundert.

Majas Neugier galt dem Naturalienkabinett, dessen Domizil im 19. Jahrhundert eigens für die Kuriositäten-Sammlung der Apothekerfamilie Linck errichtet worden war. Bei ihrem letzten Besuch, der schon einige Jahre zurücklag, hatte sie sich ausgiebig mit der ausgestellten Mumie Schep-en-Hor beschäftigt, der sie einen wichtigen Part in einer ihrer mehrteiligen Buchserien widmete.

Maja schloss sich einer Gruppenführung an, um etwas mehr über das Ganze zu erfahren. Schon beim Eintreten hatte sie eine wesentlich angenehmere Atmosphäre bemerkt. Das untere Geschoss war umgebaut worden und präsentierte sich nun hell und freundlich. Auch in den oberen Räumen waren Teile der Ausstellung neu geordnet, was sich eindeutig positiv auf den Betrachter auswirkte.

Maja lauschte den Worten der Führerin und war froh, sich eine Fotoerlaubnis gekauft zu haben. Einige Exponate waren durchaus angetan, weiterführend zu recherchieren. Schon allein die astronomischen Geräte luden geradezu ein, tiefer ins Geschichtliche zu blicken.

Der wissenschaftliche Fortschritt ließ sich aber auch gut anhand der Tierpräparate verfolgen. Erstaunlich, welche handwerkliche Wandlung sich hier offenbarte. Und damit war Maja schon mit den Gedanken bei Schep-en-Hor, denn auch die ägyptische Mumifizierung diente dem Zweck, einen toten Körper für die Ewigkeit zu erhalten.

Scheps seelenlose Hülle lag noch am selben Platz wie beim ersten Besuch. Maja umrundete den Sarkophag, auf der Suche nach einem Fleck, von wo aus sie ein gutes Foto schießen konnte. Die zum Fenster hereinscheinende Sonne machte das so gut wie unmöglich, denn das Glas, hinter dem die Mumie lag, spiegelte äußerst störend.

Maja blieb zurück, als die Gruppe in den nächsten Raum weiterzog. Sie wollte noch einen Augenblick stumme Zwiesprache mit Schep führen. Um doch noch ein brauchbares Foto zu bekommen, ging sie in die Knie. Ein goldener Reflex huschte über die Mumie. Maja hielt überrascht inne und versuchte, zu ergründen, was das wohl gewesen sein konnte, denn sie war nachweislich allein bei Schep-en-Hor.

Verblüfft stellte sie fest, dass das merkwürdige Leuchten aus den Bandagen der Mumie drang. Maja ging noch etwas näher und hatte plötzlich das Gefühl, der ganze Raum drehe sich um sie. Sie schloss für einen Moment die Lider.

Als sie sie wieder öffnete, erschrak sie zutiefst, denn dutzende Augenpaare beobachteten sie neugierig. Zudem trugen die braunhäutigen Fremden weiße Gewänder, lapislazulibesetzte Pektorale und kunstvoll geknüpfte Perücken.

„Du kommst spät, Liebe meines Lebens", hörte sie eine bekannte Stimme hinter sich und kreiselte herum.

„N ... Nico?", hauchte Maja, den Mann mit großen Augen musternd. Es irritierte sie, dass er sie vor den Anwesenden, als seine Liebste bezeichnete. Zudem erhob er sich soeben von einem vergoldeten Thron.

„Bringt einen Schemel für die Favoritin des Pharao!", befahl jemand und ein Diener eilte davon.

„Ich habe nicht mehr geglaubt, dich unter den Lebenden zu sehen", wandte er sich ihr zu. Sie an beiden Händen haltend, schaute er ihr tief in die Augen. „Wie hast du es geschafft, zu entkommen?"

Maja hatte keinen Schimmer, um was es ging und auch nicht, in welches Jahrhundert sie geraten war. Nur, dass sie wohl im Ägypten der vorchristlichen Zeit gelandet sein musste, ahnte sie.

Um keine Fehler zu begehen, antwortete sie: „Die Götter waren mir gewogen."

„Offensichtlich, denn du bist die einzige Überlebende." Er geleitete sie zu ihrem Schemel neben seinem Thron.

Die einzige Überlebende? Maja erschrak. „Ich weiß nicht einmal, was geschehen ist. Es ging alles so schnell." Dabei lief ihr Gehirn auf Hochtouren. Wer war dieser Pharao? Was war geschehen? Wie kam es, dass er sie inmitten einer solchen Menschenmenge als Geliebte bezeichnete?

Sie hatte sich zwar im Rahmen ihrer Romanrecherchen mit den Horusnamen einiger Pharaonen beschäftigt, die hier gesehene Kartusche konnte sie allerdings nicht lesen.

„Ich kann mich an gar nichts mehr erinnern", flüsterte Maja, „nicht einmal an meinen oder deinen Namen."

Der Pharao hielt überrascht in der Bewegung inne. „Du weißt nicht, wer ich bin?"

Maja wiegte langsam den Kopf und hoffte, dass er in das Spiel einsteigen werde.

Da sagte er auch schon: „Ich bin Psammetich, Herrscher über Ägypten, und du bist meine Lieblingsfrau."

„Psammetich …", hauchte Maja und schaute ihn verunsichert an.

„Erinnerst du dich wirklich nicht?"

„Spätzeit, Saïten-Dynastie. Die Sechsundzwanzigte, wenn ich mich nicht irre", murmelte Maja.

Psammetich schaute sie beunruhigt an. „Ich weiß zwar nicht, was du mir damit sagen willst, aber ich glaube, dass es mit dem Überfall zusammenhängt." Er nahm sie sorgenvoll in den Arm. „Meine Geliebte, was haben sie dir nur angetan?"

Maja hatte inzwischen tief in ihrem Gedächtnis gekramt und den Augenblick in groben Zügen auf 500 bis 600 vor Christus datiert. Zudem stellte sie fest, dass sie zwar sehr viel über die politischen Erfolge Psammetichs, aber nichts über seine Frauen wusste.

Erzürne ihn nicht durch langes Zögern, hörte sie die Schmetterlingsgedanken flüstern.

Maja fasste nach dem dargebotenen Weinbecher. „Danke, mein Liebster, langsam löst sich der Schock."

„Dann tanze für mich", bat Psammetich, den Musikanten ein Zeichen gebend.

Maja hätte gar keine Chance gehabt, abzulehnen. Die heiligen Krokodile hatten in allen Jahrhunderten den gleichen Appetit und fraßen alles, was ihnen zugeworfen wurde. Also fasste sie rasch nach einem umherliegenden Schleiertuch, um mit einem aufreizenden Bauchtanz den hungrigen Mäulern zu entgehen.

Unzählige Male zum eigenen Vergnügen geübt, sorgten die geschmeidigen Bewegungen bei den Männern für tellergroße Augen. Offensichtlich war ihr Plan aufgegangen, denn nach Beendigung der Darbietung führte man sie sofort in die Gemächer des Pharao. Seinen Sexhunger zu stillen, war wesentlich erfreulicher, als die Fressgier der Krokodile zu befriedigen.

Und wenige Minuten genügten, um Maja zu überzeugen, dass sie Nico in einer seiner unzähligen Erscheinungsformen vor sich hatte. Die Art, wie er sie küsste, wie er seine Lippen in ihren Schoß presste und ihr mit der Zunge unglaubliche Lust bereitete, war völlig identisch. Seine streichelnden Hände glitten über ihre Schenkel, wanderten weiter zu ihren warmen Pobacken, um sie leidenschaftlich an sich zu ziehen.

„Du hast mir gefehlt", flüsterte er, als sie Augenblicke später rittlings auf seinen Schenkeln saß. „Jetzt wo Nebetneferumut Schepenupet III. ist, kann ich dir endlich wieder mehr Zeit widmen."

Maja begriff, dass sie mitten in die Feierlichkeiten der Namensgebung geraten war. Psammetich hatte seine älteste Tochter reich mit Ländereien ausgestattet, ihr ein festes Einkommen durch die Priesterschaft beschert und sie als Adoptivtochter an Schepenupet II. übergeben.

Maja überlegte, ob dieser Name in ihrer Zeit wohl auch eher Schep-en-upet geschrieben werden müsste, in Anlehnung an Schep-en-Hor, der sie es zur verdanken hatte, hier gelandet zu sein. Vielleicht lebte Schep-en-Hor ja sogar jetzt noch und sie hatte sie gesehen, ohne sie zu erkennen?

„Komm, genießen wir die Kühle des Abends“, sagte da auch schon Psammetich, nach ihrer Hand fassend und sie in Richtung der Gärten dirigierend.

Lies ihm alle Wünsche von den Augen ab, bettelten die Schmetterlingsgedanken, *Nitokris, wie man Schepenupet früher nannte, beobachtet dich schon, seit du hier angekommen bist.*

Maja erschrak. *Sie ist hier?!* Sie wusste, dass die neue Gottesgemahlin des Amun über die Macht verfügte, sie aus dem Umfeld ihres leiblichen Vaters entfernen zu lassen, so der nur eine Spur von Unmut zeigte.

Psammetich schien ihre Angst spüren zu können, denn er blieb stehen, schaute fest in ihre Augen und sagte: „Ich werde dich niemals verstoßen, nur weil andere es verlangen. Bei dir spüre ich doppelte Lust. Du bist meine Lieblingsfrau und ich werde dich bewachen lassen, wie meinen wertvollsten Schatz."

Die letzten Worte mehrten Majas Sorgen, denn sie wiesen deutlich darauf hin, dass eine reale Gefahr für sie bestand.

Der Leibwächter, den er ihr zuteilte, war ein Nubier von gewaltiger Körpergröße. Er überragte Maja locker um mehr als zwei Köpfe. Statt sich sicher zu fühlen, begann sie, sich nun erst recht zu fürchten. Anlamani war ihr nicht geheuer. Durch seine extrem dunkle Hautfarbe verschmolz er fast mit dem Dunkel in einigen Gängen des Palastes. Maja erschreckte sich heftig, als das Weiße seiner Augen plötzlich im flackernden Schein eines Öllämpchens direkt vor ihr aufleuchtete.

Auch die Dienerin, die ihr Psammetich zubefohlen hatte, ging dem Hünen lieber aus dem Weg. Maja gelang es nicht, ihr auch nur ein Wort über Anlamani zu entlocken. Sie schüttelte heftig den Kopf, deutete auf ihre Ohren und wechselte das Thema.

Irgendwo musste wohl jemand stecken, der die seltsame Akustik der Räume nutzte, leise gesprochene Worte viele Meter weit weg laut und deutlich hören zu können.

Psammetich schien, um dieses Phänomen zu wissen. Er unterhielt sich mit ihr an einigen Stellen des Palastes entweder gar nicht oder auffallend wispernd. Das Schlafgemach musste wohl abhörsicher sein, denn hier zog der Regent ungeniert alle Register.

Maja genoss die heißen Stunden mit Psammetich, der, trotz seines Alters, Jüngere weit in den Schatten stellte. Er verwöhnte sie die ganze Nacht mit Zärtlichkeiten und legte ihr nach Mitternacht ein Geschmeide um den Hals, denn ohne eine Liebesgabe hatte seine Favoritin noch nie das Schlafgemach verlassen.

Maja begab sich durch den spärlich beleuchteten langen Gang sofort zu ihren Räumen. Sie hatte gerade die Hälfte der Strecke hinter sich gebracht, als plötzlich Anlamani in voller Bewaffnung hinter einer der Säulen hervortrat. Maja konnte einen Schreckenlaut nicht ganz unterdrücken. Ob wirklich ein hämisches Grinsen über das Gesicht des Wächters huschte, oder ob es nur ein Lichtreflex gewesen war, hätte sie nicht schwören wollen.

„Du solltest nicht allein wandeln", hörte sie ihn raunen.

Sie nahm allen Mut zusammen und erwiderte: „Ich bin doch nicht allein. Dich dürfte wohl keiner übersehen." Dann eilte sie weiter, verbarrikadierte ihre Tür und bekam aus Furcht kein

Auge zu. Was, wenn das Verhängnis zum Fenster hereinkäme?

Beim Morgenmahl saß sie an Psammetichs Seite, so wie er es bestimmte. Schepenupet würdigte die Geliebte ihres Vaters keines Blickes. Maja sah das als schlechtes Omen. Sie hielt die Ohren offen, um schnell reagieren zu können.

„Wenn ich heute in den Amun-Tempel gehe, wird Anlamani über dich wachen", erklärte Psammetich beim Spaziergang durch die blühenden Gärten.

Maja zuckte zusammen. „Ich ... ich komme schon allein zurecht", stammelte sie. „Deine Sicherheit ist wichtiger."

Seine schroffe Handbewegung ließ sie verstummen. Der Herrscher duldete keinen Widerspruch. Dafür gewährte er ihr die Bitte, für die Zeit seiner Abwesenheit in den Gärten bleiben zu dürfen. Sie setzte sich auf die Umfassung eines Wasserbeckens, streckte das Gesicht der Sonne entgegen und atmete den betörenden Duft des blühenden Lotus.

Ein paar Vögel kamen zum Trinken, zankten sich um die besten Plätze, worauf sich Maja den Streithähnen zuwandte. Eine Lotusblume wuchs ganz in der Nähe und Maja beugte sich zum Wasser hinunter, um sie genauer zu betrachten.

Sand knirschte hinter ihr, nur kam sie nicht mehr dazu, nachzuschauen, wer sich näherte. Jemand drückte ihren Kopf mit aller Gewalt unter Wasser. Maja wollte schreien und die letzte Luft aus ihren Lungen stieg als blubbernde Blasen zur Oberfläche. Wasser drang in ihren Mund, alles drehte sich in ihrem Kopf, sie keuchte ...

„Na, na, na, gleich ist wieder gut!", hörte sie eine männliche Stimme sagen und fühlte, wie ihr jemand auf den Rücken klopfte. „Sie haben sich ja mächtig verschluckt!"

Maja riss die Augen auf. Sie hockte vor Schepen-Hor im Naturalienkabinett und hustete wie eine Erstickende. „Ich weiß auch nicht, wie das passieren konnte", stammelte sie. „Es geht schon wieder. Danke."

Sie schloss rasch zur Gruppe auf, wobei ein winziges Lächeln wie festgenietet in ihren Mundwinkeln hing. Nico hatte sie weder vergessen noch das Interesse an ihrer Gesellschaft verloren. Sie freute sich schon auf das nächste Date, obwohl sie bisher jeder Zeitsprung in Angst und Schrecken versetzt hatte.

Für heute konnte sie sich ganz entspannt allem widmen, was Waldenburg noch zu bieten hatte. So besuchte sie auch die Töpferwerkstatt, den Grünefelder Park und gönnte sich einen kleinen

Imbiss in der Glänzelmühle. Einzig das Scheunenfest ließ sie außen vor, denn von all der Aufregung am Hofe Psammetich I. schwirrte ihr mächtig der Schädel.

Nur von Wasser, egal, ob in Form von Regen, Springbrunnen oder Teichen, hatte sie vorerst die Nase voll.

Sommersonnenwende

Lange hielt die Abneigung gegen das flüssige Element allerdings nicht an. Maja bekam schon bald Sehnsucht nach dem Meer. Diesmal suchte sie sich wieder einen Ort im eigenen Land, aber ganz im Norden, aus – auf der Insel Rügen.

An einem ziemlich heißen Sommertag packte sie ihren Koffer ins Auto, um auf den Autobahnen Meter zu machen. Von der A4 wechselte sie auf die A13 und beschloss, weil sich durch die Baustellen überall Autoschlangen bildeten, ab Berlin auf den Landstraßen zu fahren. Das dauerte zwar länger, führte aber durch reizvolle Landschaften. Nur für die letzten Kilometer vor Stralsund wechselte sie wieder auf die Autobahn.

Wie immer, wenn sie die Rügenbrücke überquerte, bedauerte sie es, hier nicht anhalten und fotografieren zu können. Unwillkürlich fielen ihr Fakten und Zahlen ein. 2007 fertiggestellt, 4100 Meter die Gesamtlänge der Strelasund-Querung, davon 2831 Meter allein der Teil der Schrägseilbrücke. Höhe, Zugkraft der Seile und 135 Tonnen Materialgewicht zogen durch ihre Gedanken. Seufzend ließ sie das grandiose Bauwerk schließlich hinter sich, um sich in den äußerst zäh fließenden Verkehr Richtung Bergen einzureihen.

Sie hatte vor der Insel noch einmal vollgetankt und ertrug den Wahnsinn des Stop-and-go mit stoischer Ruhe. Selbst gut im Auto temperiert, ließ sie mit einem Lächeln die vielen Motorradfahrer passieren, die in der prasselnden Sonne in ihren schwarzen Lederkombis schnell überhitzen konnten, denn die meisten hatten sicher kein Kühlsystem in ihrer Kluft.

Die Schmetterlingsgedanken hockten auf dem Armaturenbrett, hielten Mittagsruhe und waren zu träge, Maja irgendwelche Flausen in den Kopf zu setzen.

Weißt du eigentlich, dass du schon über eine Stunde hier stehst, fragte nach einer Weile einer und der andere fügte hinzu: *Und hast gerade mal fünf Kilometer geschafft.*

„Kismet", erwiderte Maja laut, worauf die beiden aufstoben, und *erinnere uns bloß nicht an Ägypten,* riefen.

Wenn ich nicht wüsste, dass ihr euch in Fische verwandeln könnt, hätte ich jetzt glatt Mitleid. Irgendwie scheint euch die Sonne nicht zu bekommen.

Ooooops! Ist zynisch zu sein, nicht unser Part? Die Gedanken schauten Maja verunsichert an.

Wir können es ja mal mit Rollentausch versuchen, grinste Maja und zuckelte mit der Kolonne weiter, um möglichst die grüne Baustellenampel auch noch mit diesem Schub zu packen.

Das betretene Schweigen der flatterhaften Gedanken ließ sie breit grinsen. Allerdings konnte sie dies nicht voll auskosten, denn der weiterhin dichte Verkehr verlangte ihre ganze Aufmerksamkeit.

Erst nach der Schaabe, dem bogenförmigen Schwemmlandgebiet zwischen Tromper Wiek, Großem Jasmunder Bodden und Breeger Bodden, ging es etwas zügiger voran.

„Mehr als zehn Kilometer feinster Sandstrand und ich habe diesmal nichts davon", murmelte Maja, als sie an den langen Reihen parkender Autos vorbeifuhr. „Na ja, man kann nicht alles haben."

Sie hatte sich ganz bewusst für die steinigen Strände in Dranske entschieden, um fossile Reste von Meerestieren sammeln zu können. Zudem wollte sie ihre Ruhe und nicht auf jedem Meter Strand Sonnenanbeter haben.

Gegen 14 Uhr erreichte sie ihren Zielort und nahm das Ferienhäuschen in Besitz. Kaum war der Kofferraum leer, wanderte sie mit dem Fotoapparat ans Meer, um sich die frische Brise um die Ohren pusten zu lassen.

Jetzt pflügt sie wieder mit der Nase den Strand um, kicherten die Schmetterlingsgedanken, als sie, den Blick auf den Boden geheftet, nach Donnerkeilen und Seeigeln suchte.

Labert nicht, helft lieber mit, konterte Maja, worauf die beiden bunten Falter lachend die Steilküste hinauf flogen, um sich auf den blühenden Wiesen zu vergnügen.

Maja wanderte einige Kilometer und dachte über all das nach, wozu sie die Stille dieses Landstriches bisher inspiriert hatte. Genau hier hatten ihre Nixen-Geschichten ihren Ursprung. Sie war gerne bereit für neue Ideen, um auch hier eine Fortsetzung zu schreiben. Auf einem großen Stein sitzend, notierte sie sich einige neue Gedanken, begutachtete ihre ersten Funde, dann kehrte sie ganz langsam wieder um. Schließlich musste sie noch einkaufen, um den Urlaub richtig genießen zu können.

Nach dem Abendbrot schlenderte sie zum Schiffsanleger am Bodden, wo sie vom Steg aus den Kitesurfern und Kajakfahrern zuschaute. Zudem fesselten Schwärme junger Fische ihr Interesse.

Ein ungewöhnlich sachter Luftzug veranlasste sie, sich umzudrehen. Auf dem Geländer hinter ihr war soeben eine Krähe gelandet, welche sie mit schräg gelegtem Kopf neugierig beobachtete.

Odins Raben fielen ihr ein, die Ranen, die auf Kap Arkona einen Ritualplatz gehabt hatten und, dass sie dies gleich als Ziel für den nächsten Tag wählen könne.

Dem Versuch, das Gefieder zu streicheln, wich die Krähe aus, ließ sich aber am Schnabel berühren.

Willst du mir etwas erzählen oder bist du wirklich nur zufällig hier, überlegte Maja, während der Vogel auf dem Metall hin und her spazierte. Fast eine halbe Stunde beäugten sich beide, ehe die Krähe am Ufer nach Fressbarem zu stöbern begann. *Vielleicht sollte ich morgen für dich ein paar Kekse einstecken,* schmunzelte Maja, den Abend mit einer Kugel Eis ausklingen lassend.

Nach dem Frühstück am folgenden Tag nahm Maja ihre Wanderkarten zur Hand, schaute im Internet nach Öffnungszeiten und Besonderheiten, ehe sie das Navi programmierte. Sie wählte eine altbekannte Straße durch die Felder, um eine ruhige Fahrt durch die sonnendurchflutete Landschaft genießen zu können.

Erinnerst du dich? Die Schmetterlingsgedanken bewegten andächtig die Flügel.

Ja, Maja erinnerte sich - an eine Zeit im 10. Jahrhundert, aus dem die älteste Urkunde über ihre Familie stammte. Damals waren die Gebiete hier noch von slawischen Stämmen besiedelt, was sich erst zu Zeiten der Völkerwanderung ändern sollte. Sie dachte an Svantevit, der in der Jaromarsburg am Kap Arkona verehrt wurde, bis der Dänenkönig Waldemar den Tempel zerstörte. Jaromar nahm den christlichen Glauben an, gelobte Waldemar die Lehnstreue, um sich seine Herrschaft über Rügen zu sichern.

Ist es das, worum es euch geht?

Nein. Aber du hast im Geschichtsunterricht gut aufgepasst, grinsten die Schmetterlingsgedanken.

Maja hatte keine Lust, weiter darüber nachzusinnen, denn sie erreichte soeben den Parkplatz in Putgarten, wo die Autos abgestellt werden mussten, so man nicht eine Sondergenehmigung hatte.

Maja schlenderte zum Haltepunkt der Kap-Arkona-Bahn, um sich durch die ehemalige Ranen-Siedlung fahren zu lassen. Der Name bedeutete *Unter der Burg*, womit das Kultzentrum, die Jaromarsburg, gemeint war.

Warum denke ich bloß darüber nach, wenn ich doch seit gestern weiß, dass der Zugang zu den Resten der Burg gesperrt ist? Meine Familie stammt zwar von der Küste, aber vom Festland. Maja schüttelte unwillig den Kopf.

Na so was aber auch, lachten die bunten Falter.

Ihr verbergt doch etwas!

Wir? Niemals! Sie flogen in Richtung des Peilturms davon.

Maja folgte ihnen nun doch lieber zu Fuß. Denn nur dem Wanderer erschlossen sich wirklich besondere Dinge, wie sie immer wieder festgestellt hatte. Mit einem Schmunzeln betrachtete sie sich als Teilnehmerin einer neuzeitlichen Völkerwanderung, denn unglaubliche Scharen von Ausflüglern hatten dasselbe Ziel wie sie. Was bei dem grandiosen Wetter auch kaum anders zu erwarten gewesen war.

Den Rucksack auf dem Rücken, die Kamera am Handgelenk marschierte sie die Straße hinauf, überholte andere, wurde überholt und fotografierte, was immer ihr erinnernswert erschien.

„Svantovit war ein Kriegsgott", hörte sie jemanden hinter sich, einem anderen erzählen.

Wahrscheinlich zieht es mich ja deswegen hierher, schmunzelte sie in sich hinein. *Vielleicht sollte ich mal wieder einen Roman mit ordentlich Kampfgetümmel schreiben.*

Die beiden Leuchttürme lenkten sie schließlich von all dem ab, was einmal werden könnte. Gutgelaunt gönnte sie sich einen Aufstieg über die 180 nummerierten Stufen und eine Runde um die Aussichtsplattform. Die Fernsicht war so grandios, dass sie sogar die dänische Insel Møn erkennen konnte.

Und weil es eine Sünde gewesen wäre, einfach wieder zu gehen, durchwanderte sie noch das ganze Ausstellungsgelände für alte Marinetechnik und ein Paarhundert Meter oberhalb der Steilküste entlang. Die dort ausgestellten gesägten oder geschnitzten Juwelen der Holzkunst umrundete sie mehrfach, um jedes Detail zu fotografieren.

Dann lehnte sie am Geländer und ließ den Blick übers fast spiegelglatte Meer schweifen, das hin und wieder weiße Segelboote durchpflügten. Wie mochte es wohl ausgesehen haben, als die dänische Flotte anrückte?

Himmel, Arsch und Zwirn, kann ich denn nicht einmal an was anderes denken? Maja atmete heftig durch. Einmal Schreiberling, wahrscheinlich immer Schreiberling. Egal, was sie sah, alles berührte irgendeine neue Saite und verwob sich zu einer neuen Melodie oder eben zu neuen Geschichten.

Das habt ihr mir mit eurer doofen Fragerei eingebrockt, fuhr sie die Gedankenfalter an. *Ich wollte nur ein bisschen entspannen, mich über den azurblauen Himmel freuen, ein Eis essen ...*

... und dir tausend Dinge anschauen, die alle in irgendeiner deiner Geschichten wieder auftauchen, vollende-

ten die beiden ungerührt, und zudem wahr, den Satz. *Hör auf, zu nörgeln und hol dir endlich ein Eis. Vielleicht bist du dann wieder friedlicher. Wir tippen nämlich stark auf Unterzuckerung.*

Zu Befehl, ihr Quälgeister! Maja machte sich spornstreichs auf den langen Rückweg zum Eisstand. Dabei überlegte sie, auch noch dem kleineren der beiden Leuchttürme, dem Schinkelturm, einen Besuch abzustatten, der immerhin, nach dem Turm in Travemünde, der zweitälteste Leuchtturm an der deutschen Ostseeküste ist.

Die Mittagsträgheit siegte. Maja verzog sich mit ihrem Eis in den Schatten. Aber nur, damit es ihr die Sonne nicht streitig machte. Der Blick auf die Uhr zeigte, dass sie ziemlich flinken Fußes unterwegs gewesen war und bis zur geplanten Rückkehr noch mindestens zwei Stunden mit angenehmen Dingen vertan werden wollten.

Also schlenderte sie hinüber zum Peilturm, dem dritten Turm, der hier auf dem Kap der Seefahrt gedient hatte, um sich ganz in Ruhe einige der ausgestellten Exponate näher anzuschauen. Dabei schweiften ihre Gedanken immer wieder zur Ranen-Kultstätte ab. Sie wollte wenigstens die paar Stufen hinaufsteigen, die nicht gesperrt waren, und versuchen, von da aus etwas mehr zu sehen.

Musste ausgerechnet jetzt wieder ein Stück Steilküste abrutschen? Es war wie verhext. Maja nahm die erste Stufe in Angriff.

Da packte sie jemand von hinten hart am Oberarm. „Hatte ich dir nicht verboten, hierher zu gehen?"

Der Schmerz ließ Maja aufstöhnen. Sie wandte sich langsam um und bekam große Augen. Die Türme waren verschwunden, wie jegliche andere moderne Bebauung. Stattdessen erhob sich vor ihr der intakte Ringwall des Heiligtums.

„Oh, verzeih mir. Ich hatte dich für jemand anderen gehalten", hörte sie einen bärtigen Mann mit wild zerzaustem welligem Haar sagen, der gleichzeitig seinen Griff lockerte. „Es heißt aber nicht, dass du hier sein darfst."

Die vorzüglichen Waffen, die er bei sich trug, und die Art der Kleidung, wiesen ihn als sehr hoch gestellte Persönlichkeit aus. Vom Gesicht konnte man, wegen der wehenden Haare, nicht viel sehen. Seine Hand war inzwischen ihren Arm hinab geglitten, umfasste nun das Gelenk und zog Maja hinter sich her, denn es näherten sich mehrere Stimmen.

„Da rein!", raunte er, sie in den offenen Eingang einer Hütte schiebend.

„Jaromar müsste eigentlich hier sein. Ich habe ihn vor wenigen Augenblicken noch hier stehen sehen", erklärte eine jüngere Stimme ratlos.

Oh, mein Gott, dachte Maja, *wo bin ich nur wieder hinein geraten.*

Als sei der unfreiwillige Ägypten-Ausflug nicht schon schlimm genug gewesen. Dabei konnte sie doch gar nichts dafür. Das Zeitentor öffnete sich schließlich wann und wo es wollte. Auf alle Fälle hatte sie soeben eine wertvolle Information erhalten.

Jaromar, denn niemand anders konnte der Fremde sein, strich mit den Fingern beider Hände sein Haar zurück, wobei er es gleichsam ordnete. Ein kühnes Gesicht mit einem kantigen Kinn kam zum Vorschein, das pure Willensstärke ausdrückte.

„Dass ihr, vom Festland, immer zur falschen Zeit auftauchen müsst", spottete er. „Und du bist die Schlimmste. Welcher böse Geist hat dich geritten, direkt an den Tempel zu gehen? Hab ich es dir nicht schon einmal verboten?"

Maja nickte mit niedergeschlagenem Blick. Sie hatte zwar keine Ahnung, was hier gerade geschah, aber Reue zu zeigen, konnte ja nicht schaden.

Jaromar hob mit dem Finger ihr Kinn an. „Du verrücktes Huhn!", sagte er beinahe liebevoll.

Sie hätte mit allem gerechnet, aber nicht damit, dass er sie plötzlich an sich zog und leidenschaftlich küsste.

„Wissen sie, dass du hier bist?", fragte er dann. Auf ihr heftiges Kopfschütteln begann er zu lachen. „Das dachte ich mir. Wie hieß die Ausrede diesmal?"

„Wildschweinjagd."

Jaromar prustete los: „Dein Mann würde mir in der Tat das Fell über die Ohren ziehen, wüsste er, weshalb du bei mir bist." Er schaute vorsichtig zur Tür hinaus. „So, wie ich dich nicht erkannt habe, wird es auch den anderen gehen. Halte dich bei der Sonnenwendfeier einfach ein bisschen im Hintergrund. Du weißt ja, womit ich dich entschädigen werde. Die alte Bronislawa wird sich bis dahin ein wenig um dich kümmern."

Aha. Sonnenwendfeier. Kein Wunder, dass die Priester jetzt niemanden am Heiligtum sehen wollten, der dort nichts zu suchen hatte.

Bronislawa, die nicht nur alt, sondern uralt zu sein schien, kam wenige Augenblicke, nachdem Jaromar gegangen war. Sie schaute Maja von oben bis unten kritisch an, nickte und murmelte: „Kein Wunder."

Maja verstand den Sinn der Worte nicht. Die zahnlose Alte winkte ab: „Wenn du dann zum

Tanz gehst, sei ganz einfach vorsichtig Kind-chen. Jadwiga darf nicht erfahren, dass du hier bist."

„Ich werde nicht zum Fest gehen", erklärte Maja verunsichert. „Jadwiga ist seine Frau?"

„Ist wohl auch besser", seufzte Bronislawa, ohne auf die Frage einzugehen. „Es wird gesof-fen, bis nichts mehr hineingeht, dann geschehen schlimme Dinge und am Morgen will keiner von irgendwas wissen. Dann wundern sich alle, warum neun Monate später der neugeborene Sohn die gleichen Ohren wie der Nachbar hat. Beim nächsten Fest wird trotzdem wieder gebe-chert. Jahrein, jahraus das gleiche Spiel."

Trotz aller Sorge musste Maja schmunzeln. Die lebenserfahrene weißhaarige Slawin brachte es auf den Punkt. „Und Jaromar?"

„Wird heute deinetwegen ziemlich nüchtern bleiben, schätze ich." Sie setzte ein breites fröh-liches Grinsen auf. „Sei trotzdem vorsichtig."

Bronislawa verzichtete darauf, ein Öllämpchen anzuzünden, damit ja keiner von außen ihren geheimen Gast erkennen konnte. Als die Nacht hereinbrach und das Fest in vollem Gang war, spähte Maja immer wieder durch den Türspalt. Es ging mächtig heiß her. Die Ersten hatten ihren Füllstand wohl schon erreicht und die Stimmen wurden immer lauter.

Zwei Schatten huschten vorbei, Maja zuckte zurück. Dann drückte jemand von außen die Tür auf.

„Alles in Ordnung. Ich bin es, Jaromar", flüsterte die gut bekannte Stimme. „Ich hatte mir die Nacht anders vorgestellt. Vor allem wollte ich dir viel, viel Zeit widmen, was nun völlig unmöglich ist. Jadwiga hängt wie eine Klette an mir." Während er sprach, suchten seine Hände bereits den Weg unter ihr Kleid.

Bronislawa zog es vor, sich auf den Schemel vor dem Haus zu setzen, als wolle sie ein wenig am Trubel des Festes teilhaben. *Hoffentlich vergessen die beiden nicht, dass die Wände Ohren haben.*

„Du hast mir gefehlt", wisperte Jaromar, als er Maja auf seinen Schoß zog. „Es ist zwar auf dem Schemel etwas unbequem, aber Not macht erfinderisch. Mein Bärenfell wäre mir jetzt lieber."

Maja war das Fell im Augenblick egal. Sie gab sich der sanften Vereinigung hin, die Jaromar geschickt auf eine Länge zu dehnen wusste, dass sie von einem Höhenflug zum nächsten gelangte, bis ihr beinahe die Luft wegblieb.

„Ich muss gehen", hörte sie ihn ganz plötzlich sagen. „Sei im Morgengrauen an den drei Bäumen auf den Klippen."

Im nächsten Augenblick verschwand er fast lautlos, nachdem er wie ein Tier in die Finsternis gewittert hatte.

Maja fühlte sich unwohl. Sie befürchtete, wieder für längere Zeit festzusitzen und diesmal in einer Zeit, die sie nicht einschätzen konnte, weil sie sich nie umfassend damit beschäftigt hatte.

Die alte Frau kam herein. „Die Nacht hat etwas Unheilvolles. Ich kann es spüren", seufzte sie, nach Majas Hand fassend.

„Ich glaube dir aufs Wort", hauchte Maja, wobei ein kalter Schauer über ihren Rücken kroch. „Um dich nicht in Gefahr zu bringen, werde ich woanders nach einem Schlafplatz suchen."

„Ach, Kindchen, alle sicheren Orte sind von Betrunkenen belegt. Ich habe mein Leben gelebt. Wenn es mir einer nimmt, dann haben die Leiden des Alters wenigstens ein Ende. Ich bin für alle eine nutzlose Last. Es ist mein letzter Wunsch, dass du hierbleibst."

Maja hätte es nicht übers Herz gebracht, Bronislawa vor den Kopf zu stoßen. Sie blieb und hörte sich die leidvolle Geschichte der alten Frau an, die seit Jahren mutterseelenallein auf der Welt stand und von der Barmherzigkeit anderer lebte. Auch, wenn sie es nicht sagte, musste Jaromar wohl derjenige sein, dessen

Zuwendungen sie am Leben hielten. Worin wäre sonst dieses innige Vertrauensverhältnis zu ihr begründet? Vielleicht war sie ja einst seine Amme gewesen? Maja fand es nicht heraus. Obwohl sie sich die ganze Nacht unterhielten, bis das Tiefschwarz mit den funkelnden Sternen dem ersten grauen Schimmer wich.

„Ich möchte ihn nicht warten lassen", erklärte Maja schließlich, umarmte Bronislawa fest zum Abschied und huschte davon.

„Du musstest nicht wissen, dass ich die Gabe des Vorhersehens habe", murmelte die Alte resigniert, als sie ihr hinterher sah. „Das verdammte Schicksal wird wieder die Falsche bevorzugen."

Maja kam ungesehen durch das Tor der Wallburg und beeilte sich, den Weg zu den Klippen einzuschlagen. Während in ihrer Zeit ein Teil des Walles bereits in die Tiefe gestürzt war, lag jetzt sogar noch ein Fußmarsch vor ihr, um die letzten Bäume zu erreichen. Die Mächte der Natur waren gewaltig.

Zwischen den Lücken der dreistämmigen Birke, zu der sie Jaromar bestellt hatte, konnte Maja deutlich jemanden mit einem grauen Umhang erkennen. Offenbar erwartete er sie bereits. Maja lief geradenwegs auf den Kapuzenträger zu, sicher, dass es nur ihr Geliebter sein konnte.

Ein paar Meter vor der Person blieb sie abrupt stehen. Es stimmten weder Größe noch Statur.

„Du nimmst ihn mir nicht weg", zischte eine Frauenstimme voller Hass und im Morgenlicht blitzte eine lange Dolchklinge auf.

Maja brach in der Not einen Ast vom Baum, mit dem sie sich verzweifelt gegen den Angriff

der Fremden wehrte, die wie eine Furie auf sie eindrang.

Weil der Ast recht lang war, konnte sie ihrer Gegnerin mehrere heftige Treffer versetzen, die dieser schwer zu schaffen machten. Maja spähte nach einer Fluchtmöglichkeit aus. Die Klippe war zu hoch, der Wall zu weit weg, und nirgends eine andere Menschenseele zu sehen. Einem glücklichen Zufall verdankte sie, dass die Angreiferin, an der Schläfe getroffen, in die Knie ging.

Ihren hilfreichen Ast in der Hand, versuchte Maja, zu fliehen. Mit einem Hechtsprung flog die Fremde auf Maja zu, erwischte sie am Knöchel und riss sie zu Boden. Durch die Wucht des Aufpralls brach der Ast und Maja war fast hilflos ausgeliefert.

Mühsam versuchte sie, den Dolchhieben auszuweichen. Panisch trat sie immer wieder zu, rutschte Stück für Stück rückwärts, ohne zu ahnen, dass sie dem Rand der Steilküste bereits gefährlich nahe war. Zu nahe, wie sie Sekunden später feststellte, denn sie kippte plötzlich nach hinten weg und stürzte, sich mehrmals überschlagend in die Tiefe. Vor Entsetzen gelähmt, konnte sie nicht einmal schreien.

Dann der Aufprall.

„Das war knapp! Der Weg ist wohl nicht ganz umsonst gesperrt!" Eine ältere Dame reichte ihr die Hand, um ihr beim Aufstehen zu helfen.

„Was ist passiert?", hauchte Maja, sich mit großen Augen umschauend.

„Sie sind von der hohen Stufe abgerutscht und mir genau vor die Füße gestürzt. Das hätte böse ausgehen können. Kindchen, Sie zittern ja und sind bleich wie eine Kalkwand! Soll ich den Rettungsdienst rufen?"

„N ... nein ... nein. Das ist nur der Schreck. Es geht mir sicher gleich wieder besser."

„Ehe Sie noch zu Schaden kommen, begleite ich Sie runter bis zur Arkona-Bahn", schlug die Fremde vor, Maja den Arm reichend.

Eine gute Idee, wisperten die Gedankenschmetterlinge. *Nach der Aufregung solltest du erst mal zur Ruhe kommen, ehe du ins Auto steigst.*

Stimmt. Eine Katastrophe am Tag reicht.

Maja bedankte sich sehr bei der alten Dame, die Bronislawa zum Verwechseln ähnlichsah und mit genau der gleichen Stimme sprach. Dass auf der obersten Stufe eine Krähe saß, hielt Maja für einen Zufall.

In der Bahn hatte sie Zeit, über das Erlebte nachzudenken. Es beunruhigte sie, dass nun Nicos andere Frauen, vermutlich alles Nebenfrauen wie sie, Jagd auf sie zu machen begannen.

Sehr wahrscheinlich gab er Informationen preis, die diesen tief in die Nase fuhren. Ihr gegenüber hatte er ja auch immer wieder sehr freimütig über seine zahlreichen Geliebten erzählt. Nur war Maja nicht der Typ, deshalb den anderen das Leben schwer zu machen.

Ist es das alles wert? Die Schmetterlingsgedanken ließen die Flügel hängen.

Maja seufzte. *Ganz sicher nicht. Ich habe nicht geahnt, dass es so eskalieren würde.*

Aber du hättest es wissen müssen.

Ja, ich hätte. Als Nebenfrau Nummer 999. Man hatte es mir schon vorher prophezeit. Schon Jahre, bevor ich Nico das erste Mal getroffen habe. Da habe ich mich noch über das Gehörte amüsiert. Nun stecke ich mittendrin und muss die Suppe auslöffeln, die ich mir selber eingebrockt habe.

Die Falter lachten. *Die einen sammeln Autos und die anderen Frauen.*

Maja schnaufte: *So sie nicht beides tun. Blöd nur, wenn die Sammelstücke voneinander wissen und eines denkt, dass es für immer das Alleinige sein kann, wenn es die anderen vernichtet. Scheiß Spiel.*

Willst du es beenden?

Maja schüttelte zaghaft den Kopf. *Dabei gibt es Stunden, da würde ich es ohne Zögern tun.*

Die Falter lachten: *Perfekt. Dann brauchst du ja nur noch zu warten, bis sich die Stunden zu Tagen verbinden und der Anreiz immer größer wird.*

Maja reagierte nicht mehr. Die kleinen Biester hatten recht. Es war inzwischen das dritte Mal, dass ihr jemand die Freude vergällte und die Treffen mit Nico zu nutzen versuchte, sie aus dem Weg zu räumen. Vielleicht sollte sie endlich die Notbremse ziehen, bevor es zu spät war? Nur wie? Das Zeitentor öffnete sich nicht nach ihrem Willen und ließ sich demzufolge nicht durch sie für immer schließen. Nicht mehr reisen? Das fiel aus! Das behinderte ihre Arbeit als Schriftstellerin, weil sie nun mal vor Ort recherchieren musste.

Da hielt die Arkona-Bahn am Aussteigepunkt und Maja schaltete gedanklich komplett auf die Rückfahrt um, für die sie eine andere Route aussuchte.

Von Schiffen & Wasser

Da für die nächsten Tage eine stabile Hochdrucklage angekündigt war und Maja Temperaturen von 30 Grad Celsius und mehr liebte, beschloss sie, mit dem Schiff von Dranske nach Hiddensee überzusetzen.

Die leicht gekräuselte Oberfläche der tiefblauen Ostsee hatte an diesem Morgen etwas besonders Geheimnisvolles. Maja packte ihren kleinen Rucksack, rief sich Hin- und Rückreisezeiten ins Gedächtnis, bevor sie zum Schiffsanleger am Bodden schlenderte.

Die zahme Krähe war auch wieder da, beäugte Maja mit schief gelegtem Kopf, was die mit einem Lächeln beantwortete und dem Gedanken: *Hoffentlich bist du heute weder als Übelkrähe noch als Unglücksrabe unterwegs.*

„Kraaaaaahh, Kraaaaaahh", kam prompt die Antwort und es klang, als lache der Vogel Maja aus.

Die Gedankenschmetterlinge, eigentlich für andere unsichtbar, hatten sich vorsichtshalber in Majas Rucksack verzogen, um nicht als Snack für die Schwarzgefiederte zu enden. Sie kamen erst wieder hervor, als das Schiff anlegte und die Menschenmassen das Deck enterten.

Ganz wohl war ihnen nicht nach der gestrigen Aufregung, wo Maja erneut vor ihren Augen verschwunden war, zumal diese heute mit Sicherheit wieder auf den Spuren des Mittelalters wandeln werde. Zumindest für die Zeit der Überfahrt werde Ruhe herrschen, hofften sie. Wobei man ja nie genau wissen konnte, was sich an Artefakten auf dem Meeresboden befand. Es genügte vielleicht schon eine Münze, das Tor auf Maja reagieren zu lassen.

Seid ihr seekrank? Wunderte sich Maja, dass die Gedanken so ruhig blieben. Sie konnte ja nicht wissen, dass die mit sich selber beschäftigt waren. *Oder habt ihr Angst abzusaufen?*

Bei dir muss man immer mit allem rechnen, sagte ein Schmetterling mit beinahe anklagendem Unterton. *Denn wenn du nicht gerade mal wieder durch ein Tor in andere Zeiten verschwindest, dann ziehst du hier magisch jeden Ärger an.*

Maja presste die Lippen aufeinander, schloss für einen Moment die Augen und stichelte: *Offensichtlich braucht ihr das. Oder warum seid ihr sonst zu mir zurückgekommen?*

Weil wir keine andere Wahl haben. Ob es uns passt oder nicht, wir sind deine Gedanken. Wo also, bitteschön, sollen wir hin, wenn wir nicht sterben wollen?

Dann hört auf, zu nörgeln, wenn ihr wisst, was euch bei mir erwartet.

Die beiden färbten sich jäh nach tiefschwarz um. *Du meinst das mit dem Rollentausch offenbar ernst. Das Sticheln war bisher immer unser Part.*

Ihr liefert mir doch geradezu die Steilvorlagen, grinste Maja.

Scheiß 15. Jahrhundert, stöhnte einer der Trauerfalter, worauf Maja in schallendes Gelächter ausbrach, was die Mitreisenden erschreckt aufschauen ließ.

Maja zog eine fröhliche Grimasse und hob die Schultern. Damit war für sie die Sache abgetan. Früher hätte sie einen hochroten Kopf bekommen und mühsam eine Erklärung zurecht gestammelt. Sie war durch die Zeitreise selbstbewusster geworden. Inzwischen betrachtete sie sich ganz nüchtern als Edelcallgirl für Nico, da sie ja sofort bei ihm erschien, wenn er rief. Oder wie auch immer man das nennen sollte. Als Spielzeug, das er wegschickte, wenn er seinen Spaß gehabt hatte und wenn er nach dem nächsten griff.

Hättest bei Georg bleiben sollen, hörte sie die Schmetterlinge wispern.

Zuerst wollte Maja aufbegehren. Dann fiel ihr ein, dass die beiden Schmetterlinge ihre eigenen Gedanken waren, auch wenn es sie nicht mit ins 15. Jahrhundert verschlagen hatte. Sie atmete einmal tief durch. Das Schicksal hatte es ganz einfach anders beschlossen. Sonst wäre sie Georg gleich nach der Flucht von Burg Fragenstein gefolgt, wohin auch immer er hatte gehen wollen. Auf der Rückreise ihres Weges, der hätte zu einem gemeinsamen Leben führen können, war es dann zum Duell zwischen Ritter Georg und dem Wegelagerer gekommen, das auch sie hätte das Leben kosten können. Es war und blieb kompliziert. *Lasst mich mit den Kerlen zufrieden und versaut mir nicht den Tag,* bat sie schließlich.

Gebongt.

Maja begann, die vielen Brutvögel auf den vorgelagerten Inseln zu beobachten, die in riesigen Schwärmen zur Futtersuche flogen. Wenigstens hier war die Welt noch in Ordnung. Dann dauerte es nicht mehr lange, bis das Schiff in den Hafen von Vitte einfuhr.

Ohne lange überlegen zu müssen, nahm Maja in einem der Kremserwagen Platz, um aus erhöhter Position etwas weiter schauen zu können. Schon nach wenigen Augenblicken genoss sie die beinahe autofreie Zone mit wirklich allen Sinnen. Vorbei am wohl letzten Zeltkino Deutschlands ging die Fahrt durch die Heidelandschaft bis hinauf zum Kloster aus dem 13. Jahrhundert.

Die Gedankenfalter hüstelten anzüglich.

Ihr seid albern, rügte Maja. *Das ist das kulturelle Zentrum der Insel. Zudem sind hier einige naturwissenschaftliche Stationen. Euch Flatterviecher dürfte zumindest die Bienenbelegstelle interessieren.*

Was für Belege, lachten die Falter. *Müssen die morgens ihre Stechkarte stempeln lassen, wenn sie auf Nektarsuche fliegen? Haben die Bienen keinen Computer?*

Maja grinste. *Okay, meine Lieben, jetzt wird es richtig albern. Macht euch am besten einen schönen Tag. Wir treffen uns 19 Uhr am Hafen.* Sie schulterte ihren Rucksack und wanderte davon, ohne sich weiter um die kichernden Falter zu kümmern.

Die Sonne strahlte von einem wolkenlosen Himmel und Maja schlenderte ohne festes Ziel umher. Sie fand eine Gemäldegalerie hier, einen Handwerker da, freute sich über alles, was sich aus alter Zeit erhalten hatte, wie das sogenannte Hexenhaus, das älteste Haus auf Hiddensee. Sie merkte gar nicht, wie schnell die Zeit verging. Um das einzige rückfahrende Schiff nicht zu verpassen, musste sie wieder einen Kremser nehmen, hatte dann aber noch fast eine halbe Stunde Zeit am Hafen.

Sie wunderte sich, dass nur wenige Passagiere hier standen und auch darüber, dass die Falter noch nicht da waren. Als das Schiff schließlich kam, begriff sie, dass sie auf der falschen Seite des Hafenbeckens wartete. In einem fast olympischen Sprint umrundete sie dieses und war eine der Letzten, die an Bord gingen. Das Schiff legte auch sofort ab.

„Mann war das knapp!", murmelte sie auf Sitzplatzsuche vor sich hin.

Wir haben es dir doch prophezeit, dass du nicht ohne die kleinen Fastkatastrophen leben kannst. Die beiden Schmetterlinge hockten mit zusammengefalteten Flügeln auf ihrem Rucksack, wo sie wohl schon den ganzen Tag reglos gesessen haben mussten. Maja lächelte breit, zückte ihre Kamera und begann, den fantastischen Sonnenuntergang zu fotografieren. Rot, gold, violett, zartblau und tiefschwarz teilten den Himmel in fast waagerechte Bahnen auf. Die Sonne zog eine gleißende Spur ins Wasser, welche auch die etwas höheren Wellen nicht zerstören konnten.

Ich glaube, diesmal werde ich wirklich seekrank, klagte einer der Falter.

Weichei. Wenn es dir wirklich hochkommt, füttere die Fische und nicht meinen Rucksack, gab Maja feixend zurück, einige Sequenzen der unruhigen Fahrt aus ungewöhnlichem Winkel filmend.

„Es wird Regen geben, denke ich", sagte sie zu einem Passagier, der nachdenklich den Himmel betrachtete.

„Hmm, sie haben sogar Gewitter angesagt. Hoffentlich kommen wir noch trocken nach

Hause", erwiderte er, immer wieder die besonders dunklen Stellen musternd.

„Lieber Wasser von oben als von unten", schmunzelte Maja.

„Huch! Machen Sie mir bloß keine Angst", erschreckte sich der Fremde, gleich noch einmal nach den Wolken und auch nach den Rettungsbooten spähend.

Die Gedankenfalter verschluckten sich fast vor Lachen. *Böser Zwerg! Gollum! Gollum!*

Warum? Ich hätte auch keinen Bock, an Land schwimmen zu müssen.

Das vorausgesagte Gewitter kam. Es begann aber erst zu rumoren, als Maja bereits die Tür des Ferienhäuschens hinter sich geschlossen hatte. Dafür tobte es aber die halbe Nacht.

Maja ließ sich nicht abhalten, gleich am nächsten Tag nach Sassnitz zu fahren, obwohl bereits für den Nachmittag erneut Gewitter gemeldet wurden. Möglich, dass das einige Urlauber abhielt, durch die Gegend zu gondeln, denn die Straßen waren verdächtig leer. Sie sah manchmal über zig Kilometer gar kein anderes Fahrzeug. Mal abgesehen davon, dass es ein Samstag war.

Maja nutzte die seltene Gelegenheit, ganz gemütlich durch die Landschaft zu zuckeln und sich umzuschauen, was sonst nie möglich gewesen wäre. Wer langsam fährt, kommt auch ans

Ziel. Wären andere Fahrzeuge aufgetaucht, dann hätte sie einfach aufs Gaspedal getreten, um niemanden zu behindern.

In der Nähe des Hafens stellte sie schließlich das Auto ab und durchwanderte die Gassen. Sie war seit über 30 Jahren nicht mehr hier gewesen, entsprechend groß war die Neugier.

Es hatte sich viel verändert. Überall gab es Boutiquen, Künstlerwerkstätten jedes Genres mit angeschlossenem Verkauf, Ausstellungen und wundervolle Keramiken schon an den Außenmauern einiger Grundstücke.

Mit Schauen und Staunen beschäftigt, gelangte Maja schließlich auch direkt zum Hafen, wo einige Kutter lagen, die auf finanzkräftige Hobbyangler warteten, die ihr Glück auf See versuchen wollten. Sie hatte gehört, dass die meisten Touren ausgebucht waren und man sich wohl schon sehr zeitig dafür hatte anmelden müssen.

Sie schaute nach Schiffen aus, die man nur für Rundfahrten buchen konnte, und hoffte, noch einen Platz zu erwischen, als ihr Blick zur in der Ferne sichtbaren Küste fiel. Schwarzblau zog von dort eine Gewitterfront heran, die Maja im Bruchteil eines Wimpernschlages Richtung Auto lospurten ließ.

Sie hetzte die Stufen hinauf, rannte, ohne sich umzuschauen, querfeldein und riss die Autotür auf, als gerade die ersten Tropfen schwer zur Erde fielen. Dann tobte eine halbe Stunde lang das Inferno so schlimm, dass Maja nicht einmal losfahren konnte, weil die Scheibenwischer hoffnungslos überfordert waren. Alle paar Sekunden ein Blitz und ein Donnerschlag, der das Auto erzittern ließ.

Als sich der Wolkenbruch zum normalen Starkregen wandelte, rollte sie langsam vom Parkplatz und stellte fest, dass sie wieder fast allein auf der Straße war. Die Schönwetterpiloten waren wohl tatsächlich alle in ihren Ferienunterkünften geblieben.

Kurz vor Dranske hörte der Regen auf, womit einem Abendspaziergang am Strand nichts im Wege stand. Jedenfalls nahm sie sich vor, dem Wetterbericht etwas mehr Aufmerksamkeit zu schenken.

Und der prophezeite für den nächsten Tag am frühen Nachmittag Gewitter. Früher Nachmittag war nach Majas Auffassung etwas zwischen 14 und 16 Uhr.

Guten Mutes machte sie sich zu ihrer allmorgendlichen Wanderung unterhalb der Steilküste auf und hatte schon mindestens zwei Kilometer zurückgelegt, als das Ungemach, viele Stunden eher als gedacht, von Hiddensee herüber, im Anmarsch war.

Auf dem Absatz kehrt machen und rennen, was die Steine zuließen, war alles, was Maja augenblicklich tat. Sie schaffte es gerade bis zu den dicht belaubten Bäumen in Nähe des Weges in den Ort, als es wie aus Kübeln zu gießen begann. Da stand sie nun mit drei anderen, die es auch gerade noch gepackt hatten, sich bis hierhin zu retten. Die Blitze zuckten ziemlich fern, kamen aber unaufhaltsam näher, bis es genau über ihnen krachte und alles stroboskop-artig in lila Licht gehüllt war.

Den Gedankenschmetterlingen war jede Art Konversation vergangen. Sie hockten schwer geschockt in Majas Kameratasche und standen Todesangst aus.

„Ja, ja, der Wetterbericht stimmt immer, nur Datum oder Uhrzeit nie", lachte Maja, als sich die schwarzen Wolken irgendwann verzogen und sie gemeinsam mit den anderen ins Zentrum des Ortes spazierte.

Die Falter enthielten sich jedes Kommentars. Erlebnisurlaub hatten sie sich ganz anders vorgestellt. Sie waren nicht böse, als der Urlaub endete und Maja wieder von zu Hause aus, in Büchern und Internet zu recherchieren begann. Wonach sie suchte, blieb den Schmetterlingsgedanken verborgen.

Ihre Ankündigung: „Ich fahre nach Berlin", ließ die Gedanken hellhörig werden. Dort gab es nämlich Wasser, und genau da wollte Maja hin! Und dann auch noch der Hinweis, sie wolle mit dem Bus fahren! Alarmstufe rot! Bisher waren die Zeitfenster meist auf Busreisen aufgetreten.

Die Sommerhitze schmolz den Inhalt des Köfferchens für zwei Tage auf ein Minimum, was die aufgescheuchten Gedanken keineswegs beruhigte. Sie flatterten wie aufgescheuchte Hühner umher und Maja begann, die Augen zu verdrehen.

„Ich brauche einfach nur ein paar schöne Fotos für Buchcover", wiegelte sie ab.

Na klar! Wir glauben es aufs Wort, erwiderten die Gedanken völlig synchron. *Wird die Stadt nicht im 13. Jahrhundert erstmals urkundlich erwähnt?*

„Meine Güte, wenn es danach geht, dann dürfte ich keinen Fuß mehr vor die Tür setzen", stöhnte Maja.

Doch, zum Beispiel nach Petersburg. Die Stadt gibt es erst seit dem 18. Jahrhundert.

„Okay! Aber beschwert euch nicht, wenn ich irgendwann hinfliege und wieder was schiefgeht!" Maja schloss die Haustür ab.

Der Reisebus war bis auf den letzten Platz ausgebucht, aber im Augenblick nur halbvoll. Über die A72 ging es zügig voran, weil am Hauptbahnhof in Leipzig die zweite Hälfte der Reisegruppe abgeholt werden musste. Dann wurde die Fahrt über die A9 fortgesetzt. Diese Route war Maja bisher noch gar nicht gefahren, entsprechend neugierig schaute sie aus dem Fenster.

In Berlin angekommen, besuchte die Gruppe zuerst das Reichstagsgebäude. Maja fand zwar die moderne Glaskuppel ganz interessant, lief auch den spiralförmigen Gang bis hinauf, widmete die meiste Zeit aber den alten Gestaltungselementen. Besonders die in Stein gehauenen Frauenköpfe mit den Ährenkränzen hatten es ihr angetan.

Die wechselvolle Geschichte, des im 19. Jahrhundert errichteten und mehrmals umgebauten Bauwerks, kannte sie zur Genüge.

Der nächste Weg führte an die Spree, um per Schiff einen Teil der Stadt zu besichtigen. Majas Fotoapparat lief im Dauerbetrieb, denn es gab buchstäblich auf jedem Meter alte Baukunst zu entdecken.

Oh nein, hauchte plötzlich einer der Gedankenschmetterlinge. Allerdings zu spät, um irgendetwas unternehmen zu können, denn Maja hatte die Skulptur von Georg mit dem Drachen genau zur gleichen Zeit erspäht. Sie folgte dem vorbeiziehenden Kunstwerk mit den Augen, welche sich mit Tränen füllten.

Als sie den Kopf wieder zurückdrehen wollte, knirschte es unangenehm in der Halswirbelsäule. Der aufzuckende Schmerz veranlasste Maja, für einen Moment die Lider zu schließen.

„Kann ich Ihnen irgendwie helfen?", hörte sie eine gut bekannte Stimme sagen und schreckte zusammen.

„Nico?!"

Er strahlte sie fröhlich an. „Ich dachte mir, du könntest eine kleine Aufheiterung brauchen."

Maja schaute sich vorsichtig um, worauf er in schallendes Lachen ausbrach. „Wir schreiben das Jahr 2017."

„Und du bist ganz sicher, dass du mich hier treffen wolltest?", warf Maja zaghaft ein.

„Wen sonst?", bekam sie zur Antwort.

Die Antwort schluckte sie herunter, begann lieber, ihren schmerzenden Nacken zu massieren. Merkwürdig, dass Nico gerade dann auftauchte, wenn sie an Georg dachte. Zufall? Wohl nicht. Identität? Keine Ahnung. Verlustangst? Möglicherweise.

Sie begann, die Funktionsweise des Zeitentores zu ahnen. In den letzten Tagen hatte sie oft darüber nachgedacht, die mentale Verbindung zu Nico zu kappen. Jetzt, wo ihre Erinnerungen an Georg übermächtig wurden, versuchte er wohl, zu retten, was noch zu retten war. Dabei irritierte ihn, dass sie ziemlich einsilbig blieb.

Völlig konfus huschten die Gedanken durch ihr Hirn. Sie hatte noch lange nicht verarbeitet, wie sie von Jadwiga mit dem Dolch angegriffen worden und von der Klippe gestürzt war.

„Freust du dich gar nicht?", fragte Nico schließlich.

„Natürlich freue ich mich. Ich bin nur völlig überrascht", erklärte Maja. „Es erstaunt mich, dass du gerade jetzt an mich denkst. Sonst bevorzugst du doch die ruhigen Momente."

„Mir war halt gerade so."

„Dir war halt gerade so", echote Maja. Genau das war der Punkt. Ihre Wünsche interessierten ihn nicht wirklich.

„Du schaust, wie zehn Tage Regenwetter!", stellte er kopfschüttelnd fest. „Komm, ich entführe dich in eine ruhigere Gegend der Stadt."

Mit seinem Lächeln wickelte er Maja sofort wieder ein, die seine dargebotene Hand nahm. Die Gedankenschmetterlinge stoben auf und davon. Bloß keinen Fehler machen!

Das Schiff legte an. Beim Aussteigen stellte Maja fest, dass das seltsame Tor auch innerhalb der Zeitebene funktionierte. Sie befanden sich nämlich plötzlich auf dem Landesteg des Wannsees.

Ohne es wirklich zu wollen, fielen Maja Zahlen und Fakten ein. Egal, ob es die Lage, die Ausdehnung waren, oder die zahlreichen Schlösser und Gärten am See, alles zog durch ihre Gedanken. Auch, dass die soeben fotografierte Statue die Borussia darstellte.

Die Massen der Passagiere verteilten sich rasch. Nico hatte nicht zu viel versprochen. Es war tatsächlich erheblich ruhiger. Plätze in einem der kleinen Restaurants waren schnell gefunden. Nico orderte Eis und Cappuccino. Dann begann er, zu erzählen. Auch wieder von anderen Frauen.

Maja hörte zu. Dabei überlegte sie krampfhaft, ob er denn wirklich eine Antwort erwartete. Seine Worte erreichten sie nicht, obwohl sie nicht an ihr vorbei gingen. So nickte sie hin und wieder, um irgendwie zu reagieren.

Später spazierte sie mit ihm am Ufer entlang. Das stille Wasser des Sees, die Segelboote und die brütende Hitze, erinnerten sie ein wenig an das erste Treffen in Cannes.

Maja fasste aus einem Impuls heraus nach Nicos Hand, welcher die ihre nun zärtlich drückte. Alle Bedenken schmolzen im selben Augenblick dahin. Schließlich war er ja zu ihr gekommen. Vielleicht gab es doch noch einen winzigen Funken Hoffnung, der wieder zu einer lodernden Flamme werden konnte.

Die Schmetterlingsgedanken schüttelten ratlos die Köpfe. Erst recht darüber, dass Maja und Nico wie Frischverliebte Hand in Hand im Schatten der hohen Bäume am Ufer entlang schlenderten.

„Wir müssen zurück", sagte er plötzlich und brachte sie zum Landesteg.

In diesem Moment schloss sich das Tor der Zeit, denn Maja stieg am Ufer der Spree aus dem Ausflugsschiff. Sie machte sich auf die Vorwürfe der Schmetterlingsgedanken gefasst, die auch wirklich nicht auf sich warten ließen.

Maja zog die Nase hoch. *Ach, lasst mich doch alle in Ruhe!*

Die Falter verstummten sofort. Bei Maja lagen so offensichtlich die Nerven blank, dass Vorwürfe nur noch Öl ins Feuer gewesen wären.

Maja konzentrierte sich auf der anschließenden Stadtrundfahrt mit dem Bus ausschließlich auf das, was die Fremdenführerin sagte, sodass alle anderen Gedanken gar nicht erst zum Zuge kamen.

Als letzte Sehenswürdigkeit besichtigte die Gruppe das Asisi-Panorama zur Mauer im geteilten Berlin, ehe der Bus direkt heimwärts fuhr.

Mauern. Majas Gedanken schweiften ab. Zu jenem Tag, an dem die Mauer in ihrem Kopf das erste Mal durchlässig geworden war und ihren Blick auf die Welt erweitert hatte.

Die imaginären Falter hatten damals noch über sie gelacht und sie vorangetrieben, bis endlich die geheimen Wünsche wahr wurden.

Auf der Suche nach irgendwas

Ein paar Monate begnügte sich Maja wieder mit theoretischen Betrachtungen zum Mittelalter, bis es sie erneut drängte, vor Ort recherchieren zu müssen.

Wo willst du denn hin, fragten die Gedankenfalter neugierig.

„Zur Wartburg", gab Maja bereitwillig Auskunft.

Lass uns raten ... 15. Jahrhundert.

„Unsinn, die Burg wurde 1067 von Ludwig, dem Springer, in Auftrag gegeben", wiegelte Maja ab.

Hohenfreyberg ist nur rund 500 Kilometer entfernt, warf einer der Schmetterlinge ein.

„Ihr seid albern. Im 15. Jahrhundert war die Wartburg nur noch Nebenresidenz."

Das ist für dich doch weder ein Grund noch ein Hindernis, schmunzelten die Falter.

„Und wenn schon. Ihr wisst, dass ich ein Faible für Fachwerk habe, und damit wurde aus Kostengründen halt auch an dieser Burg im 15. Jahrhundert gebaut."

Maja ließ sich nicht beirren und fand sogar eine Tagesfahrt mit einem Reisebus zum Objekt ihrer Begierde. Das Beste am Ganzen, es war eine Weihnachtsmarkttour auf den historischen

Weihnachtsmarkt auf der Wartburg und am Nachmittag auf den Markt in Eisenach.

Die Fahrt begann bei fantastischem Morgenrot und Raureif, der filigran porzellanartig wirkte. Die nebeneinanderliegenden Positionsleuchten einiger Windräder muteten wie feurige Augen an. Auf der Autobahn vorbei an Barbarossas ehemaliger Residenzstadt Altenburg, an Burg Posterstein und an den Drei Gleichen ging es reibungslos voran.

Die Gedankenschmetterlinge grinsten, weil Maja jeder Burg, jedem Turm und jeder Ruine hinterherschaute. *Hättest eben doch bei Georg bleiben sollen.*

Hätte, wäre, wenn ... Maja wollte sich nicht eingestehen, dass sie vielleicht doch nach einer Möglichkeit suchte, ins 15. Jahrhundert zurückzukommen. Sie wusste nicht, was sie tun sollte. Einerseits wollte sie Nico nicht verlieren, andererseits hatte Georg sie auf Händen getragen. Er hatte sogar sein Leben für sie geopfert. Während sie für Nico nur eine von vielen war und vielleicht nicht einmal der Kategorie A.

Setz dich nicht selber unter Druck, baten die Schmetterlinge.

Außer euch habe ich keinen, mit dem ich meine Ängste und Sehnsüchte teilen könnte. Ich will doch nur einen ganz kleinen Zipfel vom Glück zu fassen bekommen. Nur für mich. Ich will weder die Welt verändern noch den Lauf der Geschichte. Maja presste die Lippen aufeinander.

In der klaren frostigen Luft war die Silhouette der Wartburg schon zeitig zu erkennen. Minus fünf Grad Celsius, sonnig, leider kein Schnee und trotzdem Traumwetter, eine der geschichtsträchtigsten Burgen auf deutschem Boden zu besuchen.

Zudem war es der erste Reisebus für den heutigen Tag und Maja eilte mit raumgreifenden Schritten den steilen Weg zur Burg hinauf, um vor Beginn der gemeinsamen Führung den individuellen Teil in Ruhe und ohne Massenandrang zu absolvieren.

Die Außenstufen des kleinen Turmes waren noch gefroren und Maja musste sich mit beiden Händen festhaltend hinaufarbeiten, weil es wirklich höllisch glatt war. Dafür war nur eine Handvoll Besucher hier, die Ruhe fantastisch und Maja genoss den wundervollen Blick über Burg und Umland, bis sie die nächste Reisegruppe erspähte und lieber rasch hinunter stieg, um ganz entspannt den historischen Weihnachtsmarkt zu besuchen.

Logischerweise fand sie wieder ein paar Kleinigkeiten, an denen sie nicht vorbeigehen konnte. Sie freute sich wie ein Kind, wirklich wundervollen Schmuck erstanden zu haben, den sie vorher auf noch keinem Mittelaltermarkt gesehen hatte.

Und weil noch eine halbe Stunde Zeit bis zur Führung war, genehmigte sie sich ein großes Stück frisches heißes Gebäck mit viel Käse. Ihre selig verdrehten Augen beim Schmaus ließen einige Mitreisende schmunzeln. Weihnachtsmarkt war etwas Wundervolles.

In der Burg war Maja angenehm überrascht. Sie war vor über zwanzig Jahren das letzte Mal hier gewesen. Es hatte sich vieles zum Guten verändert. Der Führer war zudem einsame Spitze. Es machte Spaß, ihm zuzuhören, wenn er mit einer gehörigen Portion Humor Zahlen und Fakten aufbreitete.

Maja kannte die Geschichte, von dem ungarischen Magier Klingsor, der beim Sängerkrieg geschlichtet, die Geburt der Heiligen Elisabeth vorausgesagt und einen Zeitsprung getan haben soll. Nur betrachtete sie diese, in Anlehnung an die Zeitverschiebungen, die sie ständig erlebte, nicht als bloßes Hirngespinst, wie es die anderen taten. Ihr wurde siedendheiß. Vielleicht gab es ja hier auch ein Tor und die Schmetterlinge wussten wieder etwas, das ihr noch verborgen war?

So stand sie lange in der Elisabethkemenate vor den goldverzierten Mosaiken und fühlte die Magie, die von diesen und dem ganzen Raum ausging. Der oder die Künstler hatten das gigantische Werk mit Inbrunst und Herzblut geschaffen.

Maja beendete mit den anderen den Rundgang, schaffte es auch noch, sich fast eine halbe Stunde eines Konzertes anzuhören, das nahtlos an die Führung anschloss. Für ihr leibliches Wohl hatte sie ja schon vorab gesorgt.

Zeitig genug, um der Burg in Ruhe Lebewohl zu sagen, verließ sie den Saal und dreht noch eine Runde durch den Hof, wo sie das Ritterbad erspähte. Eines der ersten Treffen mit Nico hatte in einem Bad stattgefunden ... Weshalb sie gerade jetzt daran dachte, hätte sie nicht sagen können. Aber sie hätte genau beschreiben können, welche Unruhe sie plötzlich befiel.

Mit beinahe hieratischen Schritten stieg sie die Stufen hinab. Zwar war der jetzt gezeigte Baderaum erst im 19. Jahrhundert entstanden, was aber nicht der Ausstrahlung des Ortes schadete. Vor dem Wandbild, von welchem ihr das Hinterteil eines Pferdes und die Rückseite eines Mannes direkt ins Auge sprangen, blieb sie stehen. Überlegend, warum es denn unbedingt die Rückenansicht von Ross und daneben stehendem Reiter sein musste, betrachtete Maja jedes Detail. Na gut, die beiden schauten zu einem Boot auf dem Fluss, in welchem jemand in einem Kahn stand. Trotzdem eine merkwürdige Komposition für ein Bild, fand Maja. Sie wollte gerade weitergehen, als sich die Gestalt im Boot ihr zuwandte und grüßend eine Hand hob. Wasser plätscherte leise, es roch nach Gras, Vögel zwitscherten.

„Nico?!", hauchte Maja mit weit aufgerissenen Augen. Sie trat noch zwei Schritte näher, um besser sehen zu können. Da erstarrte die Szene und sie blieb abrupt stehen. Irgendeine Konstellation hatte wohl nicht ganz gestimmt, um das Fenster zu einem Tor werden zu lassen. Verblüfft stellte sie fest, dass die Geräusche geblieben waren. Dann bewegte sich etwas Winziges. Bei genauem Hinschauen erkannte Maja einen der Gedankenschmetterlinge, der mühsam versuchte, aus dem Bild herauszukriechen. Es dauerte eine Weile, bis er den Spalt gefunden hatte, aus dem noch immer die Vögel zu hören waren. Unbeschadet gelangte er wieder in die reale Welt.

Ich hab's geschafft, jubelte er.

Maja schaute ihn fragend an.

Ich habe Georg zwei Eier an den Umhang geheftet. Wenn es eines der Kleinen schafft, zu schlüpfen und zu einem Schmetterling zu werden, dann wird er sich sofort an dich erinnern, auch, wenn du vor eurer gemeinsamen Zeit mit ihm zusammentreffen solltest. Maja schüttelte fassungslos den Kopf. Da hatte der kleine Falter tatsächlich sein Leben riskiert, um ihr zu helfen.

Georg? Das war doch Nico!

Der Gedankenschmetterling lachte. *Du wirst an den Faltern erkennen, ob der Mann vor dir tatsächlich*

Nico ist, auch wenn er wie Georg oder ein ganz anderer aussieht.

Vielleicht sind die beiden ja doch identisch, überlegte Maja, darüber immer sicherer werdend. *Und was machen die Schmetterlinge sonst im 15. Jahrhundert?*

Nico ärgern, wenn er es wirklich war, schmunzelte der Schmetterling, der im Sonnenlicht wie ein Diamant funkelte, weil er sich so über seinen gelungenen Plan freute. *Der wird sich nämlich nun in jeder Gestalt zu jeder Zeit an dich erinnern müssen – ob er will oder nicht.*

Oha! Böse, böse. Da wird er mich wohl beim nächsten Mal gleich eigenhändig die Klippen hinab stoßen, befürchtete Maja. Sie schaute noch einmal nach dem Bild, dann nahm sie den Rückweg zum Bus in Angriff.

Auf den paar Fahrtkilometern bis ins Zentrum von Eisenach kam sie ins Grübeln. Was wäre geschehen, hätte der Falter allein im 15. Jahrhundert bleiben müssen?

Dann wäre ich gestorben, wie unsere Vorfahren, als du die Zeit verlassen hast. Ich habe heute nur überlebt, weil das Fenster offenblieb.

Maja überlegte: *Die Kleinen werden also nur deshalb eine Chance haben, weil sie in der anderen Zeit schlüpfen?*

Richtig.

Habt ihr wenigstens auch in dieser Welt noch ein paar Eier versteckt? Maja schmunzelte, als die Falter aufbegehren wollten. *Ich meine nicht bei mir, da hab*

*ich nämlich schon die ersten Raupen im Gedankensalat
entdeckt.*

Auf das Zögern der Schmetterlinge wäre sie fast in Lachen ausgebrochen. Im letzten Augenblick fiel ihr ein, dass sie ja in einem Reisebus saß und biss sich auf die Zunge. Die Falter hatten, mit an Wahrscheinlichkeit grenzender Sicherheit, Nico auch in diesem Jahrhundert ein Andenken mitgegeben.

Dann sollte ich mich lieber gleich selber in den Abgrund stürzen, schmunzelte Maja.

Ehe sie die Konversation weiterführen konnte, hielt der Bus und alle stürmten sowohl den Eisenacher Weihnachtsmarkt als auch die anliegende Shoppingmeile.

Majas einziges Sinnen und Trachten galt den wundervollen alten Häusern und langsam füllte sich der Speicherchip der Kamera. Pünktlich wanderte sie am Nachmittag zurück zum Bus, um mit sich und den Dingen zufrieden die Heimfahrt anzutreten, die diesmal über zig Kilometer durch allertiefsten Nebel führte. Die Sonne hatte es an diesem frostigen, wundervoll klaren Tag wohl doch zu gut gemeint.

Es passt schon, witzelten die Schmetterlinge, *heute war ja einiges recht nebulös.*

Weihnachtstrip nach Nürnberg

Weil in der Weihnachtszeit ja oft wundersame Dinge geschehen, war Maja eine Woche später gleich wieder auf Weihnachtsmarkttour mit Burgenschau. Und auch diesmal hatte sie das Glück, eine der begehrten Tagesfahrt mit dem Reisebus zu ergattern. So sah man sie dann auch schon am ganz frühen Morgen warm eingemummt zum Bushalteplatz traben.

Sie hatte sich spontan für den Christkindlesmarkt in Nürnberg entschieden, von wo aus es ja nur noch ein Katzensprung bis zur Kaiserburg war. Und wie immer spielte der Wettergott mit. Es war trüb, aber trocken und die Temperaturen lagen um drei Grad Celsius über null.

Sie schaute sich am Zielort ein Mal kurz um, merkte sich den Bushalteplatz und tigerte gemütlich los. Natürlich lockte sie sofort der Handwerkermarkt, den sie passieren musste, wenn sie zum Christkindlesmarkt wollte. Es gab 1000 tolle Dinge, aber sie war nicht zum Einkaufen hier, sondern zum Fotografieren und in der Hoffnung, es möge sich ein Fenster ins 15. Jahrhundert auftun.

Allerdings konnte sie nicht an einer Brosche vorbeigehen, die einen Ritter in voller Rüstung zeigte, mit dem Schriftzug *Nürnberg*. Genau so wenig, wie an dem Gerät, wo sie sich aus Fünf-Cent-Münzen wieder die begehrten Plaketten prägen konnte, die sie so liebte. Vor dem Tor dann noch schnell eine Tüte heiße Maronen und ab Richtung großem Markt. Es war noch zeitig am Morgen, was zur Folge hatte, dass Maja völlig entspannt an alle Buden heran kam und ganz in Ruhe die Auslagen anschauen konnte. Als diese Art Neugier befriedigt war, widmete sie sich dem Fotografieren. Eine Fassade hier, ein Gestaltungselement da und dort die steile Straße zur Burg, die sie zielstrebig einschlug.

Wisst ihr eigentlich, dass Nürnberg im Mittelalter ein bedeutendes Handwerkszentrum war und Götz von Berlichingen hier eine seine erste mechanisch meisterlich ausgeklügelte Eisenhand bekommen hat? Die bunten Falter waren bis hierhin auffallend ruhig geblieben. Wobei das auch dem Wetter geschuldet sein konnte.

Den gab es aber erst Ende des 15. Jahrhunderts. Zudem glauben wir nicht, dass du mit diesem ungehobelten Kerl Bekanntschaft schließen willst.

Maja grinste breit. *Richtig.* Die Falter waren eindeutig schlecht drauf und dachten wohl im Moment auch ganz in Götz-Manier: Leck uns am A ...

Das hielt Maja nicht davon ab, die imposanten Außenmauern der Kaiserburg aus verschiedenen Blickwinkeln abzulichten, ehe sie das Tor durchschritt.

Die ersten baulichen Spuren stammen übrigens vom Jahr 1000, konnte sich Maja nicht zurückhalten, die Schmetterlinge zu reizen.

Die schlugen auch sofort etwas genervt mit Wissen zurück. *Ja, ja, der Palas wurde im 15. Jahrhundert im gotischen Stil umgebaut und die Hohenzollern mussten den Schwanz einkneifen.*

Erzählt mir lieber, was ich noch nicht weiß, schmuzelte Maja. *Zum Beispiel, wo ich hier ein Tor in die Zeit finden kann.*

Sind wir Hellseher, riefen die Gedanken empört.

Euch traue ich alles zu. Maja lichtete emsig die Wappen über den Tordurchgängen ab. Der Adler erinnerte sie sofort wieder an Nico, aber auch an die Flucht von Fragenstein und damit an Georg.

Die Falter verkniffen es sich, Maja an die kriegerischen Auseinandersetzungen des Mittelalters zu erinnern. Das, was gerade im 21. Jahrhundert, und besonders in Deutschland lief, verhieß auch nichts Gutes. Alte Prophezeiungen und auch neuere Daten wiesen auf Gewalt größeren Ausmaßes hin.

„Ist doch schon egal, wie es endet. Diese Welt ist alles andere als schön", murmelte Maja traurig, sich von den Wappen abwendend.

Sie lauschte. Hatte da eben jemand ihren Namen geflüstert? Und wenn schon. Es gab nicht nur eine Maja, die sich gerade heute in Nürnberg aufhielt. Die lange Schlange an der Kasse veranlasste sie, sich ausschließlich mit den Außenbereichen der Burg zu befassen, obwohl sie gern die Türme bestiegen hätte. Hin und wieder ließ sie ihre Fingerspitzen über die Mauern gleiten. Was mochten die schon alles an Verrat und Intrigen gesehen haben? Vielleicht hatte ja genau diese Steine auch der alte Götz berührt und den gleichen Gedanken gehabt? Manchmal wünschte sie sich, genau so eiskalt zu sein, wie dieser agiert hatte. Für die Flüche, mit denen man ihn oft genug bedachte, hatte er ein hübsches Alter erreicht, ehe er das Zeitliche segnete. Selbst heute wurde nicht jeder 82 Jahre. Der alte Knabe hatte zwar keinen Stil, aber Willenskraft für drei gehabt und auch immer das Beste aus jeder negativen Situation gemacht.

Manche sind halt nur zum Glück auf der Welt, meldeten sich die Gedankenfalter.

Wem sagt ihr das, gab Maja bitter zurück, weil sie sich immer öfter wie das personifizierte Unglück fühlte. Passend zur Laune sandte der

Himmel grobkörnigen Graupel, der aber nach wenigen Augenblicken endete. *Schade, wieder kein Grund, um in irgendeine Kneipe einzuziehen.* Majas Gesicht hellte sich trotzdem sofort auf. Ein Blick zur Uhr, es war noch überreichlich Zeit. Da erspähte sie die historischen Postkutschen und stellte sich sofort nach einem Ticket an.

Dafür hat sie plötzlich Stehvermögen, lästerten die Schmetterlingsgedanken.

Für diese Mühe wurde Maja mit einer interessanten Fahrt belohnt. Sie mochte sich gar nicht vorstellen, mit den Eisenreifen wirklich tagelang über Kopfsteinpflaster oder holprige Feldwege fahren zu müssen, um von A nach B zu gelangen. Dagegen war der Ritt mit Georg ja richtig angenehm gewesen.

Georg. Immer wieder Georg. Maja seufzte.

Geh ins Kloster, hörte sie die Schmetterlinge wispern.

Was??? Habt ihr einen an der Klatsche? Was soll ich denn dort?

Dass in diesem Moment vor dem Fenster der Kutsche eine Krähe in lachend klingendes Krächzen ausbrach, war ganz bestimmt kein Zufall.

Nicht das, was du denkst, feixten die Falter. *Die Mönche kennen doch alle möglichen und unmöglichen*

Texte. Vielleicht findest du darin Hinweise auf feste Portale.

Mönche finde ich schon mal gut, schmunzelte Maja. *Ihr kennt ja meinen Lieblingsspruch: Ich danke ab und gehe ins Kloster. Ins Mönchskloster. Was soll ich bei den Nonnen?*

Böses Mädchen!

Maja grinste breit. *Brave Mädchen kommen nur in den Himmel. Böse Mädchen hingegen überallhin.*

Die kichernden Gedanken verzogen sich in den Rucksack, um Maja im Gedränge der Menschenmassen nicht zu verlieren, denn Nürnberg schien just an diesem Tag zu kochen. Nicht nur ein Aufmarsch von Burschenschaften ließ die Innenstadt zum Hexenkessel werden, sondern auch noch eine Demo von Türken für oder gegen den aktuellen Staatschef im Herkunftsland. Maja beeilte sich, der aufgeheizten Menge zu entkommen und lieber die letzte Stunde in der Nähe des Bushalteplatzes zu verbringen, wo sie noch einmal quer durch den wundervollen Handwerkermarkt schlenderte und sich wieder eine Stockplakette mit einem anderen Motiv aus einem Fünf-Cent-Stück prägen ließ.

Ziemlich zufrieden trat sie schließlich die Heimreise an.

Klostergeflüster

Dem gut gemeinten Rat der Gedanken folgte sie aber erst ein paar Monate später. Bei strahlendem Sonnenschein fuhr sie mit dem Auto nach Leisnig, um dem Kloster Buch einen Besuch abzustatten.

Natürlich erspähte sie zuerst die Ruine des alten Brauhauses und lichtete sie von allen Seiten ab.

Wäre es der Weinkeller gewesen, hätten wir es ja verstanden, witzelten die Falter, weil Maja gar kein Bier trank.

Sie steckte ihnen die Zunge heraus und umrundete die ganze Außenmauer, hin und wieder mit den Fingerspitzen die geschichtsträchtigen Steine berührend. Jeder Quadratzentimeter atmete Mittelalter. Die Mulde glitzerte im Sonnenlicht. Sicher war der Fluss nicht immer so friedlich wie heute und das Kloster nur wenige Meter vom Wasser entfernt. Was mochten diese Gemäuer wohl schon alles erlebt haben?

Um das herauszufinden, schloss sich Maja kurzerhand einer Führung an. Da Wasser und Maja in einem besonderen Verhältnis standen, kamen ihr die ersten Gedanken, wie es wohl ausgesehen haben mochte, wenn der träge dahinziehende

Fluss sein wildes Gesicht zeigte. Sie sollte recht schnell eine Antwort finden.

Denn sie besichtigten zuerst die Gutskapelle, die so deutliche Wasserschäden in erstaunlicher Höhe aufweist, dass Maja die Macht des entfesselten Flusses fast körperlich spüren konnte.

Kaiser Heinrich VI. hatte im 12. Jahrhundert beurkundet, die Pfarre Leisnig dem Kloster Buch zu überlassen. Mönche lebten hier möglicherweise schon viel eher, denn dies war nur die erste urkundliche Erwähnung, die gefunden worden war. Klöster waren damals Wirtschaftszentren, die es oft zu großer Blüte brachten.

Buch hatte eine wechselvolle Geschichte hinter sich, wie so viele alte Gemäuer, die im Laufe der Zeit zweckentfremdet und damit teilweise oder ganz zerstört worden waren. Auch hier konnte man nur noch erahnen, welch erhabene Gebäude sich einmal auf diesem Stück Land erhoben hatten.

Aber das, was sich aus dem Mittelalter erhalten hatte, wurde heute liebevoll gepflegt und bewahrt, wie Maja zufrieden feststellte.

Eines, was ihr sofort auffiel, war die grandiose Akustik in der Gutskapelle. So wunderte sie sich auch nicht, dass hier in der neuen Zeit immer wieder Konzerte stattfanden, die gut besucht wurden.

Neugierig, wie Schreibende nun mal sind, wollte sie auch das Scriptorium sehen, wo man gegen einen kleinen Obolus den Umgang mit Tusche und Federkiel erlernen kann. Der Wunsch wurde umgehend erfüllt und Maja tauchte in die Welt der Wissenden ein, denn nicht jedem war es damals gegeben, lesen und schreiben zu können.

Aber Maja war ja extra hierher gekommen, um vom Wissen der Altvorderen zu profitieren. Die Mönche hatten, zumindest in der Blütezeit des Klosters, sowohl Mittel als auch Macht, das Wissen zu nutzen und zu mehren.

So hatte man sich hier eben schon etwas mehr Komfort geschaffen, als anderswo in Europa. Nicht nur einen beheizten Raum, in welchem sich die Mönche zwei Stunden täglich aufwärmen konnten, nein sogar ein ausgeklügeltes Toilettensystem mit Wasserspülung gab es hier, was Maja als nächsten Punkt besichtigte.

Aber warum sollten auch nur die alten Römer diesbezüglich erfindungsreich gewesen? Ob die Idee dazu von denen geklaut war, weil die Mönche ja Zugang zu allen möglichen lateinischen Texten hatten, war eigentlich völlig egal, stellte sie mit einem Schmunzeln fest.

Das Lapidarium konnte sie leider nicht besichtigen, da ließ sich die Tür wegen eines Schadens nicht öffnen und ein Arbeits-*Mönch* war nicht gleich verfügbar. Also nur ein schneller Blick durch das Fenster nach innen, um sich ein Bild über die Sammlung von Säulenstücken und anderen in Stein gehauenen Bauteilen zu verschaffen.

Durch den Garten gelangte die Gruppe schließlich zur Infirmerie mit Kräuterkammer für Heilkunde und Krankenpflege. Maja stand sofort vor den Resten von Balken und Bauholz, deren Bäume 1396 geschlagen worden waren. Für die einen ein Haufen Holz, für Maja greifbares Mittelalter.

Sie rekapitulierte, was sie über das 15. Jahrhundert hier gehört und gelesen hatte. Wie alle anderen Zisterzienserklöster war auch dieses nicht der Gerichtsbarkeit des Bischofs unterworfen gewesen. Der Abt von Buch durfte ab Mitte des 15. Jahrhunderts alle Gegenstände für den den gottesdienstlichen Gebrauch selbst weihen und die Mitra, das Würdezeichen eines Bischofs, beim Hochamt tragen. Auch ein amethystgeschmückter Ring gehörte zu diesen Insignien.

Maja mochte Amethyste. Sie hatte sogar schon selber welche in einem Steinbruch gefunden. Recht große Kristalle sogar, aber nichts wirklich Weltbewegendes, weil ziemlich trübe. Aber als

Dekoration fürs Aquarium ganz hübsch. Sie betrachtete lächelnd den klaren, geschliffenen Stein ihres Ringes.

Ihre Gedanken schweiften hin zum letzten Askanier-Kurfürsten, Albrecht III., der, ohne erbberechtigten Nachkommen, 1422 verstorben war. Kaiser Sigismund belehnte deshalb 1423 den meißnischen Markgrafen Friedrich IV., den Streitbaren, mit dem Herzogtum Sachsen-Wittenberg.

Das überlaute Krächzen einer Krähe riss Maja aus ihren Überlegungen. Der Vogel saß auf der Türschwelle und schien den Ring an ihrem Finger ebenfalls zu betrachten.

Maja erinnerte sich an ein paar Begebenheiten, die ihre Großmutter über ihren zahmen Raben Jakob erzählt hatte. Dieser war allem sehr zugetan, was glänzte. Wenn irgendetwas auf dem Hof fehlte, dann schaute man zuerst im Stall auf einem Dachbalken nach, wo Jakob all seine Beutestücke zusammentrug. Meist wurde man dort auch fündig, egal, ob es Schmuck, Kaffeelöffel oder Knöpfe waren.

Maja blinzelte dem neugierigen Vogel fröhlich zu. „Nix da. Dieser Ring gehört mir. Such woanders."

„Krahahahahaaaaa!", tönte es ihr entgegen. Die Krähe hüpfte ins Freie, blieb aber sofort wieder sitzen und schaute Maja unverwandt an.

„Bist wohl ein Spaßvogel", schmunzelte Maja, weil es wie herzhaftes Lachen geklungen hatte, ebenfalls aus der Tür tretend.

„Hatte ich Euch nicht gebeten, im Haus zu warten?", hörte sie jemanden links neben sich, mit zutiefst vorwurfsvoller Stimme, flüstern. „Die Brüder dürfen nicht wissen, dass Ihr hier seid."

Maja zuckte herum. Hier im Kloster gab es schon seit Jahrhunderten keine Mönche mehr!

Der Fremde hatte die Kapuze seines dunklen Umhanges tief ins Gesicht gezogen und reichte ihr eine Hand. In einem Reflex fasste Maja zu und wurde mit sanfter Gewalt ins Haus zurückgezogen.

Das Erste, was ihr vor die Augen kam, war ein gewaltiger klarer, grüner Edelstein, der auf einer ebenfalls gewaltigen Ringschiene saß und ein Vermögen wert sein musste.

Die Hand mit dem Ring streichelte ihre Wange. „Dass Ihr immer so ungeduldig sein müsst! Wenn ich etwas verspreche, dann halte ich es auch."

„Verzeiht mir", murmelte Maja, ahnend, dass sich wieder ein Zeitentor zur Vergangenheit geöffnet haben musste.

„Ihr wisst doch, dass ich Eure Gesellschaft im Augenblick der meiner Gattin vorziehe. Oder meint Ihr, es ist für einen Mann, wie mich, einfach, mit einem Kind von sieben Jahren verheiratet zu sein?"

Schlagartig begriff Maja, in welcher Gestalt Nico diesmal erschienen war – als Friedrich der I.! Denn der Streitbare wurde, als er dieses Lehen erhielt, zu Friedrich I., als der er die siebenjährige Katharina von Braunschweig-Lüneburg geheiratet hatte. Nach zehnjähriger Ehe hatte sie ihm dann mehrere Kinder geboren, wie Maja wusste.

„Kommt, bevor man Euch hier entdeckt!" Friedrich zog sie an der Hand hinter sich her, zu den Räumen, die eigentlich der Abt bewohnte, und die streng von den Zimmern der Mönche getrennt waren.

Maja hatte sich schnell vom Schock erholt. Sie genoss es, wie er sie vor sich her die Treppe hinaufschob, indem er mit beiden Händen die Rundungen in ihren Jeans umfasste.

Der oder die Gedankenfalter mussten wohl schon geschlüpft sein, denn Friedrich machte keinerlei Bemerkungen zu ihrem Outfit, das alles andere war, als eine Tracht des 15. Jahrhunderts. Er schien sich auch an den Mechanismus des Reißverschlusses zu erinnern, denn er hatte keine Mühe, ihr die Hose abzustreifen, um sich rasch zu nehmen, was ihm zu Hause fehlte.

Ob der Abt Bescheid wusste, oder gar nicht im Kloster weilte, war Maja augenblicklich völlig egal. Sie schmiegte sich mit geschlossenen Augen in Friedrichs Arme, um jede Regung bis zum Ende auszukosten.

„Ihr habt mir gefehlt", hauchte sie.

„Ihr mir auch. Sonst wäre ich heute sicher nicht hier. Aber für meine Favoritin hebe ich die Welt aus den Angeln, wenn man mich dazu zwingt."

Maja küsste ihn zärtlich auf die Nasenspitze und ließ ihre Hände streichelnd über seinen Rücken gleiten. Seine Wärme und Nähe taten ihr gut. Sie wusste, dass sie inzwischen süchtig nach ihm war. Auch sie würde Unmögliches möglich machen, nur um einige Stunden mit ihm zu verbringen.

Er schaffte es immer wieder, dass sie die ganze Welt um sich herum vergaß, leider auch, ihn zu fragen, ob es ein ständiges Portal gäbe. Statt jener Gedanken, setzte sie alles daran, ihm zu geben, was er suchte, und dabei selbst mehrfach Befriedigung zu finden. Seine Leidenschaft war ein Geschenk des Himmels, das sie zu gern immer wieder annahm.

„Sagt mir, womit ich Euch erfreuen kann", wisperte er ihr soeben ins Ohr, worauf sie ihn dahin dirigierte, wo sie die meiste Lust empfand. Eingedenk der Tatsache, sich in einem Kloster zu befinden, versuchte Maja, das lustvolle Stöhnen zu unterdrücken, indem sie ihr Gesicht fest an seine Brust drückte.

„Ich muss Euch wiedersehen", bat Friedrich inständig, Maja auf seinen Schoß ziehend, um ihr noch einmal zu beweisen, der Einzige zu sein, der sie glücklich machen konnte.

Das Rumpeln von Kutschenrädern auf dem Pflaster des Hofes ließ beide erschreckt auseinanderfahren.

„Er darf uns nicht zusammen hier finden!", raunte Friedrich. „Rasch! Auf dem Podest der Treppe ist eine Geheimtür, die direkt zur Infirmerie führt! Beeilt Euch!"

Maja ahnte, dass er den Abt meinte. Sie zog sich mit fliegenden Händen an, hastete die Treppe hinunter und stemmte sich an die Wand. Die beschriebene Tür gab es tatsächlich! Der finstere Gang endete in der Kräuterkammer. Mit wild klopfendem Herzen blieb Maja lauschend stehen. Alles war ruhig.

Auf Zehenspitzen huschte sie zur Tür, in der Hoffnung, so an eine der hinteren Pforten der Außenmauer zu gelangen. Sie legte das Ohr ans Holz, ehe sie ganz vorsichtig die Klinke herunterdrückte.

„Kraaaaaah!", ertönte es von links.

Die Schwarzgefiederte hockte auf dem Tor in die Freiheit, zu welchem sie Maja durch ihren Schrei lockte.

„Danke, meine Beste", flüsterte Maja, diese letzte Hürde nehmend.

„Kraaaaaah! Kraaaaaah! Kraaaaaah!" Der Vogel verließ das Tor erst, als es leise ins Schloss gefallen war und hüpfte wenige Meter vor Maja her.

Die folgte dem Tier, das noch viel mehr zu wissen schien. Plötzlich flimmerte die Luft und Stimmengewirr erfüllte die Wiese am Fluss. Maja hatte das 15. Jahrhundert verlassen. Die hilfreiche Krähe war verschwunden.

Zwar hatte Maja die Mönche nicht einmal zu Gesicht bekommen, geschweige denn, von deren Bibliothek profitieren können, aber die Stunden mit ihrem Geliebten wogen den Frust darüber mehrfach auf.

Und dann war da noch die Krähe, die ihr Kopfzerbrechen bereitete. In wessen Auftrag überwachte sie das Tier? Um an Zufälle zu glauben, war es einfach zu oft in ihrer Nähe.

Der Rabe von Innsbruck

Maja begann zu überlegen, über welche Rabenvögel sie in den letzten Jahren besonders oft bei ihren Recherchen gestolpert war.

Das hatte 2011 begonnen, als sie das erste Mal in Innsbruck gewesen war. Da sprang ihr eine Meldung des Alpenzoos ins Auge, wonach der Kolkrabe *Paul* seine Partnerin wahrscheinlich durch einen frei lebenden Steinmarder verloren habe und seitdem trauere. Paul hatte ihr unendlich leidgetan.

Rabenvögel sind intelligente Vögel, in der Lage, komplexe Aufgaben zu lösen und sich sogar Werkzeuge dafür zu suchen. Sie gehen auch Partnerschaften ein, um ein Ziel schneller zu erreichen. Und sie nehmen es verdammt übel, wenn sie dann um ihren Lohn betrogen werden. Sie weisen dann jegliche weitere Zusammenarbeit mit den unfairen Individuen zurück.

Wann Paul eine neue Partnerin bekommen hatte, wusste Maja nicht, nahm sich aber vor, bei der erstbesten Gelegenheit nach ihm zu schauen.

Dann waren da noch Odins Raben *Hugin* und *Munin* und Barbarossas Raben, die um den Kyffhäuser fliegen ...

Maja seufzte. Sie werde ganz sicher Augen und Ohren weit offenhalten, damit ihr bloß nichts entging, was ihr die wundervollen Geschöpfe zu sagen hatten, besonders, weil sie wusste, dass Raben in den Mythologien beinahe aller Völker in andere Welten wechseln konnten, also die Tore zu anderen Dimensionen ganz genau kannten. Zudem hatte ihr die Krähe im Kloster sofort den Ausgang gezeigt, als ernsthafte Gefahr im Verzug war.

Maja wollte sich gar nicht vorstellen, wie es wohl sein musste, Nico niemals wiederzusehen. Je mehr sie darüber nachdachte, umso größer wurde die Sehnsucht und Maja beschloss, dort nach einem Tor zu suchen, wo es sie für mehrere Jahre ins 15. Jahrhundert verschlagen hatte – in Tirol, und wenn möglich vor der Burg Fragenstein.

An einem heißen Sommermorgen machte sie sich per Fernbus auf die lange Reise. Nur schien sich alles, gegen sie verschworen zu haben. Bereits an der Zwischenstation Nürnberg hatte der Bus mehr als eine halbe Stunde Verspätung und Maja befürchtete ernsthaft, dass die anderthalb Stunden Umsteigezeit in München nicht ausreichen werden, da man ja auch noch diverse Baustellen zu durchqueren hatte.

Um die Laune tief in den Keller zu drücken, dauerte es ewig, ehe am Treffpunkt der zweite Busfahrer erschien, worauf die beiden Herren an der nächsten Raststätte auch noch einen ungeplanten Raucherstopp einlegten, obwohl man schon ganz erheblich dem Fahrplan hinterherhinkte. Zu allem Ärger passierte just zu dieser Zeit auf der A6 ein sehr schwerer Unfall, in dessen lang andauernden Stau man unweigerlich geriet. Vielleicht wäre es ja zu vermeiden gewesen, hätte einer der Fahrer wenigstens ansatzweise Deutsch gesprochen oder verstanden.

Maja bekam weder die vereinbarten Notfall-SMS für Verspätungen vom Reiseunternehmen, noch wusste überhaupt jemand, was los war. Nur die in der Rettungsgasse mit Blaulicht vorbeirasenden Feuerwehren, Krankenwagen und Polizeiautos zeigten überdeutlich, dass etwas ganz Furchtbares geschehen sein musste.

Als der Bus irgendwann den ZOB in München erreichte, war der Anschlussbus Richtung Innsbruck schon eine halbe Stunde weg. Zähneknirschend eilte Maja in den Shop, darauf hoffend, in einem der späteren Busse einen freien Platz zu erwischen.

Es gelang, sie konnte das Ticket umschreiben lassen. Ohne weitere Zwischenfälle reiste sie mit über zwei Stunden Verspätung nach Innsbruck weiter und wurde von den Freunden, bei denen sie Quartier nehmen wollte, vom Bus abgeholt.

Die Gedankenschmetterlinge hatten sich bisher stark zurückgehalten, Majas Nerven lagen blank und sie wäre sicher in Tränen ausgebrochen, wäre noch irgendeine Kleinigkeit auch nur ansatzweise schiefgegangen. Nun steckten sie die Köpfe aus der Umhängetasche, taxierten die Lage und krochen schließlich ganz hervor.

Ahaaaaa, man isst beim Italiener!

Maja schmunzelte. *Na ja, war halt schon lange nicht mehr in Italien.*

Dabei war sie drei Tag zuvor erst aus Italien zurückgekommen, ohne dort auch nur Spuren eines Zeitentors entdeckt zu haben. Und als Gipfel des Ganzen hatte sie sich am Ankunftsabend einen Topf Spaghetti gekocht! Die Schmetterlinge waren so perplex gewesen, dass ihnen das Sticheln glatt im Hals stecken geblieben war.

Nun gab es natürlich mit den Freunden viel zu erzählen und Maja kroch weit nach Mitternacht ziemlich geschafft ins Bett.

Am Morgen wurde sie durch einen Schwarm Krähen geweckt, der lautstark in den Bäumen vorm Fenster spektakelte.

Passt, lachten die Falter. *Wolltest du nicht auch nach Paul schauen?*

Das werde ich sogar gleich heute tun, ehe wieder etwas dazwischen kommt, erklärte Maja. *Ansonsten habe ich keinen Plan von irgendwas.*

Wozu auch? Du hast Urlaub!

Stimmt.

Dafür hatten die Freunde umso mehr einen Plan, wie Maja am besten die wenige Zeit in ihrer wundervollen Stadt nutzen konnte. Sie setzten sie kurzerhand an der Talstation der Bergbahn zur Nordkette ab, drückten ihr zwei Tickets in die Hand mit der Bemerkung: „Eins ist für die Gondeln, das andere für den Alpenzoo", und verabschiedeten sich bis auf Anruf. „Bist doch ein großes Mädchen und kommst allein zurecht."

Wer weiß, wozu das gut ist, orakelten die Gedankenfalter.

Das kann ich euch genau sagen! Maja strahlte übers ganze Gesicht. *Seit vielen Jahren schaue ich immer wieder von hier unten zum Restaurant auf der Nordkette hoch und wünsche mir inständig, ein Mal da oben zu sein. Die Zeit hat nie gereicht. Nun werde ich es genießen, den Berg und den Zoo ganz in Ruhe zu erkunden, und mal von oben nach unten zu fotografieren. Das sind nämlich immer die schönsten Ausflüge, von denen ich vorher gar nichts weiß.*

Also Überraschung gelungen, konstatierten die Falter.

Maja konnte nicht anders, als ihnen zu 100 Prozent Recht zu geben. Sie fuhr natürlich sofort bis hinauf zur Seegrube, um das herrliche Panorama zu genießen. Es herrschten weit über 30 Grad Celsius und die Sonne strahlte. Mit einigem Bedauern stellte Maja fest, dass der Blick auf Innsbruck und die Berge der anderen Talseite in blauem Dunst versank. Wobei dies etwas so Geheimnisvolles hatte, dass sie darüber nicht einmal wirklich böse sein konnte. Als sie dann noch die Europabrücke in fast gerader Linie hinter der Bergisel Schanze in der Ferne entdeckte, war der Tag gerettet.

Die Falter grinsten vergnügt.

Nach einer halben Stunde fuhr Maja talabwärts, wobei sie an jeder Umsteigestation fast eine halbe Stunde verbrachte, um zu schauen und zu staunen. Schließlich fuhr sie mit der Hungerburgbahn zum Alpenzoo.

Sie freute sich darauf, alle jene Tiere zu besuchen, die tatsächlich in dieser Region zu Hause waren, obwohl sie sie lieber in Freiheit, statt hinter Gittern und Drahtnetzen gewusst hätte. Aber mitunter war das der einzige Weg, Menschen ins Bewusstsein zu rufen, was da draußen schützenswert war. Sie mussten es sehen können, um zu begreifen.

Maja rief sich ins Gedächtnis, was sie über den Zoo wusste. Zum Beispiel, dass Erzherzog Ferdinand II. bereits Ende des 16. Jahrhunderts hier einen kaiserlichen Tiergarten hatte errichten lassen. 1962 war dann der Zoo eröffnet worden. Zudem lag das über vier Hektar große Gelände auf der Sonnenseite von Innsbruck. Zahlen und Fakten, die sich Maja aus vielerlei Gründen fest eingebrannt hatten.

Dem bronzenen Steinbock gleich am Eingang schenkte Maja ein Lächeln. Sie mochte die stolzen Tiere mit den gewaltigen Hörnern. Zwar trug sie den Plan vom Zoo in der Tasche, ließ sich aber lieber von den Schildern leiten, um hinter jeder Biegung Neues zu entdecken, ehe sie zu ihren Lieblingstieren gelangte.

Die Wölfe, die Bären und einige andere Säuger mit dichtem Fell hielten Siesta in der drückenden Hitze. Sogar die Vögel saßen wie festgenietet auf ihren Plätzen und hechelten um die Wette. Wohl denen, die sich gerade im Wasser aufhielten, wie die Enten.

Es wird sich was zusammenbrauen, mutmaßten die Gedankenfalter.

Maja nickte. *Ziemlich wahrscheinlich. Seht mal auf die andere Talseite, da wird es bereits verdächtig finster. Aber keine Sorge, bevor es richtig nass wird, suche ich*

mir ein Dach überm Kopf. Ohhhh, schaut mal! Ich habe
die Steinböcke entdeckt!

Maja trabte bergan. Die Gedankenfalter gaukelten schmunzelnd hinter. In den nächsten
Minuten wäre Maja sowieso nicht ansprechbar
gewesen. Als sie dann auch noch den Automaten für die Gedenkmünzen erspähte, war alles
zu spät. Steinbock, Wolf und Adler mussten mit,
da ging kein Weg daran vorbei.

Auf dem langsamen Abstieg auf der anderen
Seite des Zoos erspähte Maja auch endlich einen
Kolkraben, der sie mit einem freudigen
„Kraaaaaah! Kraaaaaah!", begrüßte.

Ob Paul oder nicht – der blauschwarz glän-
zende Vogel beobachtete Maja genau so neugierig, wie sie ihn.

„Kraaaaaah?", klang es leise und irgendwie fragend.

„Schade, dass ich deine Sprache nicht verste-
he", murmelte Maja. „Ich weiß nicht einmal, ob
du mir überhaupt helfen könntest. Sicher bist du
in Gefangenschaft geschlüpft und kennst die
kleine Welt um deine Voliere herum nur vom
Sehen durch die Maschen."

„Kraaaaaah!"

„Aber vielleicht erzählen dir ja die freien
Vögel, was so passiert …"

„Kraaaaaah! Kraaaaaah! Kraaaaaah!", klang es laut und heftig, wie zur Bestätigung.

„Ich werde die Raben am Kyffhäuser von dir grüßen, wenn ich sie demnächst besuche", versprach Maja und verabschiedete sich. „Auf Wiedersehen, nicht Lebewohl."

Der Kolkrabe drehte den Kopf zum nächsten Eingang, nickte und machte leise: „Kraaaaaah!", während er Maja fest in die Augen sah.

Die schaute sich auf den paar Metern immer wieder um und staunte, wie genau der Rabe jeden ihrer Schritte beobachtete.

„Kraaaaaah! Kraaaaaah! Kraaaaaah! Kraaaaaah!", ertönte es aufgeregt, als wolle er sie ermuntern, endlich die Klinke herunterzudrücken.

Maja durchschritt die schwere Tür, schob die Kunststofflamellen der Schleuse auseinander und stand in einem wabernden Dunst, der ein wenig an eine Sauna erinnerte.

„Na, so warm ist es ja nun auch wieder nicht", murmelte sie erstaunt und die Falter pflichteten ihr bei.

Merkwürdig, es ist gar kein Käfig zu sehen, wisperte einer der Gedanken beunruhigt.

„Wer weiß, wer hier wohnt", meinte Maja, die die Ausgangstür der Schleuse entdeckte und zielstrebig darauf zu hielt. Sie schob die Lamellen beiseite und bekam Augen, so groß wie Suppenteller. Genau vor ihr erhob sich der Eiffelturm.

„Du kommst spät, meine Liebe", sagte die gut bekannte Stimme und schon fühlte sie Nicos Hände an ihrer Taille. „Am besten fahren wir gleich essen und machen uns dann einen gemütlichen Abend."

Essen und Wein waren vorzüglich, wobei Letzterer Maja rasch in Kuschelstimmung brachte. Nico wusste das, noch zu toppen, indem er sie in den Whirlpool auf dem Außenbereich seines Penthouse einlud.

Das Wasser war angenehm warm und als sich beide in der Partnerwanne gegenübersaßen, wählte Nico das Programm für die Düsen. Es dauerte auch nicht lange, bis Maja, angeregt durch Nicos kreative Ideen, auf seinen Schoß glitt und Wasserspiele ganz anderer Art genoss.

„Weißt du eigentlich, dass du unersättlich bist?", fragte er blinzelnd, als Maja nach einer Stunde noch immer nicht genug von seinen fantasievollen Zärtlichkeiten hatte.

Sie zog eine unschuldige Miene und wechselte mit ihm auf trockenes Terrain über, wo das leidenschaftliche Spiel nahtlos weiterging.

„Das ist der heißeste Abend, den wir je hatten", flüsterte Nico.

Maja lächelte mit geschlossenen Augen. „Ich
möchte, dass er nie zu Ende geht."

„Kleiner Nimmersatt", stellte Nico belustigt
fest, sie an sich drückend. „Wir sollten aber
unsere Kleidung in Sicherheit bringen, ich habe
Donnergrollen gehört."

Sie liefen Hand in Hand zur Tür. Nico hielt sie für Maja auf, die über die Schwelle trat und sich unversehens auf dem Weg des Alpenzoos wiederfand. Das Donnergrollen war geblieben und über Innsbruck ging bereits ein Regenschauer nieder.

„Kraaaaaah! Kraaaaaah!", erklang es zum Abschied aus der Ferne.

„Danke, mein gefiederter Freund", flüsterte Maja, ihren Weg zum Ausgang langsam fortsetzend. Der Blick zur Uhr sagte, dass sie sich tatsächlich den ganzen Tag auf der Nordkette aufgehalten hatte und die Zeit wie im Flug vergangen war.

Wundert uns nicht, schmunzelten die Gedankenfalter. *Wann kommst du schon mal auf die Sonnenseite des Lebens?*

Treffend formuliert, seufzte Maja. *Ohne Nico wohl nie,* fügte sie noch hinzu, aber so, dass es die Falter nicht hören konnten.

An der Talstation rief sie ihre Freunde an, um abgeholt zu werden, und erlebte gleich die nächste freudige Überraschung.

Der Weg führte aus der Stadt heraus, zu einem Restaurant, das genau der Burg Fragenstein gegenüber lag. Maja hatte nie davon gesprochen, was ihr die Burg bedeutete, umso mehr freute sie sich, an einem einzigen Tag gleich drei besondere Erlebnisse vereint zu haben.

„Wenn ich das nächste Mal komme, muss ich unbedingt diese wundervolle Ruine besuchen", schwärmte sie, das sonnenüberflutete Objekt ihrer Begierde fotografierend.

Och nö, stöhnten die Falter. *Sieh lieber zu, dass du in der Neuzeit Tore findest!*

Maja zog die Augenbrauen zusammen. *Das versuche ich doch. Die Tore haben sich aber bis jetzt immer nur geöffnet, wenn mittelalterliche Gemäuer mit im Spiel waren.*

Und was war im Zoo?, schnauften die Gedankenfalter.

Maja grinste amüsiert. *Wenn ihr wegen des Gewitters nicht so verpeilt gewesen wärt, dann hättet Ihr mitgeschnitten, dass die Weiherburg des Zoos ab 1460 errichtet worden ist, und wir damit voll im 15. Jahrhundert sind.*

Autsch! Die Falter zogen die Köpfe ein. Der Treffer hatte gesessen.

Scheiß 15. Jahrhundert, murmelte einer von ihnen, worauf Maja in schallendes Gelächter ausbrach.

Am nächsten Morgen hieß es schon Abschied nehmen, von Bergen, Burgen, Freunden und einer Stadt, die Maja immer wieder in ihren Bann zog.

Der Bus kam überpünktlich, der Fahrer war so, wie sie ihn sich auch für die Herfahrt gewünscht hatte, und man kam gut voran. Selbst die etwas länger dauernde Polizeikontrolle in Garmisch-Partenkirchen fiel nicht weiter ins Gewicht. Zur rechten Zeit erreichte Maja den ZOB in München und staunte, dass auch der Anschlussbus in die Heimat fast eine halbe Stunde eher als erwartet auftauchte. Auch dieser Fahrer war einer der besonders Guten, nicht nur was das Fahren anbelangte. Er begrüßte die Passagiere im Bus, bat sie, sich anzuschnallen und meisterte jede Hürde auf der verstopften Autobahn mit Leichtigkeit. So konnte auch die Pause im Vogtland etwas länger ausfallen, um, trotzdem auf die Minute genau, alle folgenden Zielorte zu erreichen.

Freu dich bloß nicht zu früh, mahnten die Falter.

Sie sollten Recht behalten. Nur hatte das dann nichts mehr mit dem Bus zu tun – Maja bekam einfach kein Taxi. Weder am Stand noch per Telefon war eines zu haben und so quetschte sie sich als krönenden Abschluss der Reise im Feierabendberufsverkehr mit Koffer und Tasche in den völlig überfüllten Linienbus.

Wiederholungstäter

Kaum zu Hause, begann Maja wie ein frisch eingesperrtes Wildtier im Käfig herumzuwandern.

Versuche doch erst einmal, ein bisschen Ruhe zu finden, schlugen die Gedankenfalter vor.

Maja paraphrasierte genervt und fügte hinzu: *Legt eine andere Platte auf oder lasst euch was Gescheiteres einfallen. Ihr habt doch große Töne gespuckt, ich solle in der Neuzeit suchen. Wie wäre es mit konstruktiven Ideen über Ort, Zeit und Weg dahin?*

Die Schmetterlinge ließen die Fühler hängen. Sie wollten ja helfen ...

„Ich glaube, ich brauche Urlaub", bemerkte Maja mit gespitzten Lippen, nach ihren Reisekatalogen fassend.

Ach du lieber Himmel! Jetzt wird es interessant! Die Gedanken setzten sich auf Majas Schultern, um einen guten Blick auf die Seiten zu haben.

Maja überrechnete indes ihre Finanzen, checkte die noch möglichen Urlaubstage und gab kurzerhand den gewünschten Zeitraum in das Suchfenster des Internets ein. Es dauerte auch nicht lange, das spuckte der Laptop eine Reihe Vorschläge aus.

„Oha!", rief Maja nach wenigen Sekunden, mit dem Zeigefinger auf den Monitor tippend. „Genau, was der Arzt verordnet hat!"

Die Gedankenfalter erlitten beinahe einen Herzstillstand. *Da willst du hin??? Du musst verrückt sein! Da warst du doch schon!*

„Zwei Mal sogar", erwiderte Maja ungerührt, die Tagesausflüge durchgehend.

Glaubst du wirklich, beim dritten Versuch öffnet sich wieder eine Tür? Vor allem, wohin? Bist du sicher, dass du weißt, was du tust?

Maja drückte den Buchen-Button, schloss das Programm und hielt den Gedankenfalten einen Finger hin, auf den sie sich auch ganz brav setzten.

„Passt auf, ihr beiden Spaßvögel. Ich weiß ganz genau, was und wohin ich will. In diesem Moment habe ich einfach eine wundervolle Urlaubsreise gebucht, in eine Gegend, die ich traumhaft finde und gerne noch einmal besuchen will.

Und zu der Frage, was ich eigentlich suche: Ein Tor, dass mich in die gleiche Zeitebene wie Nico bringt, möglichst weit weg aus meinem Jetzt und Hier. Wenn er wirklich mit Georg identisch ist, dann darf es auch gern das euch so verhasste 15. Jahrhundert sein. Solange sich mir nicht wieder ein verliebter Heilkundiger ans

Schürzenband hängt, ertrage ich auch die primitiven Bedingungen, ohne zu murren."

Hast du schon mal darüber nachgedacht, dass er dich vielleicht gar nicht immer um sich haben will?

„Sicher habe ich das", verriet Maja. „Wir sind ja beide nicht frei, wie euch bekannt sein dürfte. Zudem sehen wir uns nur alle paar Wochen oder gar Monate, für viel zu kurze Zeit. Dass es seiner Frau im jeweiligen Jahrhundert nicht passt, ihn mit mir teilen zu müssen, wenn sie dahinterkommt, ist auch klar. Ich teile ihn ja auch nicht gern mit seinen anderen Konkubinen.

Dass mir die Damen inzwischen ans Leder wollen, kann nur damit zusammenhängen, dass ich etwas habe, was sie nicht haben, das ihm aber offenbar besonders gut gefällt. Ob es etwas Materielles, ein körperliches Merkmal oder eine Fähigkeit ist, weiß ich nicht, will ihn aber auch nicht danach fragen.

Im Gegenzug dürft ihr mir jetzt gern erklären, warum er in Gestalt von Georg nichts dagegen hatte, mich täglich um sich zu haben."

Ich hasse solche Diskussionen, murmelte einer der Falter, dem nun die Argumente fehlten. Es war ja weder bewiesen, dass Georg und Nico identisch waren noch das Gegenteil davon. Wobei es den Gedankenschmetterlingen nur recht gewesen wäre, wenn ein Unterschied bestanden hätte. Dass Nico nicht immer die gleichen Gesichtszüge trug, stand hingegen als Fakt im Raum.

Wenn er dann noch mit dem gleichen Phänomen lebte wie Maja, dass die Zeitsprünge gar keiner bemerken konnte, weil die Normalzeit nahtlos weiterging, waren auch ganze Jahre mit Maja möglich, ohne die Gattin auf den Plan zu rufen. Georg hatte sich zu diesem Punkt völlig bedeckt gehalten, nur anklingen lassen, dass es Probleme mit Frauen gegeben habe. Was auch immer das bedeuten mochte.

Maja begann jedenfalls ganz selbstverständlich ihren Koffer zu packen, wobei sie auch Notizblock, Kamera und Kleingeld nicht vergaß. Sicher gab es wieder Präge- und Souvenirmünzenautomaten.

An einem trüben Sommermorgen ließ sie sich mit dem Taxi zum Bushalteplatz bringen. Das Wetter zu Hause interessierte sie nicht. In ihrem Urlaub, so sagte die App, war heißes, trockenes Wetter zu erwarten. Also genau richtig für Maja, die sich ab 30 Grad Celsius aufwärts erst richtig wohlfühlte.

Der Bus kam, die Reiseleiterin schaute Maja an und sagte: „Sie kenne ich!"

„Stimmt!", schmunzelte Maja. „Ich mache die Tour zum zweiten Mal mit Ihnen." Sie nannte den Namen.

„Was? Das haben Sie sich gemerkt?", staunte die Dame.

Maja lachte vergnügt. Sie hatte insgeheim gehofft, dass es so kommen möge, und nun war die Freude groß.

Der Bus kam gut durch den Morgenverkehr und der erste Halt erfolgte, wie meist, wenn sie auf diese Art reiste, im Vogtland. Maja hatte genügend Zeit, die Mitreisenden in Augenschein zu nehmen. Es war diesmal wohl nicht zu erwarten, Anschluss für die bevorstehenden Tage zu finden, zumal sie auch nicht aktiv danach suchte.

Nach dem Pausen- oder Begrüßungscappuccino fädelte der Fahrer das große Gefährt wieder auf die Autobahn ein und bis kurz vor München lief alles weitestgehend reibungslos. Dann der übliche Wahnsinn mit zäh fließendem Verkehr und allen erdenklichen Widrigkeiten. So wählte der Fahrer schließlich die Route über Kufstein, weil alle anderen Strecken im Stau erstickten.

Kurz darauf begann Maja, mit allen Sinnen die Umgebung abzutasten.

Hattest du nicht was von Urlaub erzählt, stichelte ein Gedankenschmetterling.

Maja zog den Mund in die Breite. *Ach? Ihr spürt wohl die Magie von Fragenstein auch überdeutlich?*

Es lässt sich nicht vermeiden, gab der Falter zu. *Etwas oder jemand aus der alten Zeit reagiert sehr deutlich auf deine Nähe. Würdest du wirklich einfach für immer gehen, wenn man dir die Gelegenheit dazu gäbe?*

Nicht um jeden Preis. Maja wandte sich vom Fenster ab. *Ich würde niemals sehenden Auges in ein offenes Messer laufen. Nur, wenn alle Bedingungen stimmig wären, würde ich meinem alten Leben keine Träne nachweinen. Wenn sich die Umstände danach zum Schlechten ändern, ist das Pech, welches mich auch hier ereilen könnte.*

Dann ist also nicht zu erwarten, dass du dich noch einmal Sigmund an den Hals wirfst, fragte ein Falter sehr vorsichtig.

Höchstens für ein heißes Date, erwiderte Maja. *Auf keinen Fall bliebe ich noch einmal seinetwegen im 15. Jahrhundert. Es ist mir zu beschwerlich, ständig vor den Häschern seiner Frau wegzulaufen.*

Dann war Maja bis zum Eintreffen beim Zwischenübernachtungsort Affi nicht mehr zu sprechen – sie guckte Berge, wie sie es immer sehr zutreffend nannte.

Das Hotel lag nahe der Autobahn, und in seiner direkten Umgebung gab es nichts Weltbewegendes zu sehen. Maja freute sich über die Handvoll Palmen neben dem Eingang, einen blauen Ara im Speisesaal, der wie ein Verrückter spektakelte, auf Pasta und Wein zum Abendbrot, ehe sie sich in ihr Zimmer zurückzog.

Mit einiger Freude stellte sie fest, dass von der Autobahn fast nichts zu hören war. Sie drosselte die Klimaanlage, weil dieser Geräuschpegel erheblich höher war, und schlief rasch ein. Gegen vier Uhr riss ein Donnerschlag Maja aus den Träumen. Mit einem Satz war sie aus dem Bett. Vor dem Fenster tobte das Inferno. Sturm, Starkregen und in den folgenden zwei Stunden Blitz auf Blitz, mit höchstens einer Sekunde Pause. Maja filmte mehrere lange Sequenzen, weil ihr das, was hier geschah, sonst wohl keiner glauben werde. Das war definitiv das schlimmste, aber zugleich auch optisch schönste Gewitter, das sie jemals erlebt hatte.

Als nach zwei Stunden der Regen endete, glühte noch für mindestens eine halbe Stunde unglaubliches Wetterleuchten über dem Gebirge.

Beeindruckend, erklärten die Gedankenfalter, ganz vorsichtig aus ihrer sicheren Deckung spähend.

Da sind wir doch endlich mal genau einer Meinung, lachte Maja. „Auf, in den Süden! Vielleicht finden wir da ja noch mehr, was uns gleich gut gefällt."

Auf alle Fälle hatten die Falter schon in Sirmione den gleichen Spaß wie Maja, die sich eine gigantische Kugel Eis holte, welche sie genüsslich beim Bummel durch die schmalen Gassen verspeiste.

Sie scheint wirklich nur Urlaub zu machen, tuschelten die Falter, als Maja immer wieder die kleinen Geschäfte durchstreifte.

Auf dem Weg durch die Po-Ebene, die, wie schon vor zwei Jahren unter der glühenden Hitze stöhnte, hielt Maja intensive Zwiesprache mit den Faltern.

Heute Abend trinken wir ein Glas Wein und feiern Geburtstag, erklärte Maja, als man den fast ausgetrockneten Po überquerte.

Gute Idee, aber wie kommst du gerade jetzt darauf? Und wessen Geburtstag feiern wir, riefen die Gedanken durcheinander.

Maja lächelte. *Nun, der ausgetrocknete Fluss erinnerte mich daran, dass ihr vor Fragenstein beinahe vollständig ausgelöscht worden seid. Und just in diesem Augenblick arbeitet sich ein junger Schmetterling durch seine Puppenhülle. Das dürfte doch ein triftiger Grund sein, Geburtstag zu feiern. Ich freue mich auf den Tag, an dem mich wieder ein Riesenschwarm verrückter Gedanken umgaukelt.*

Als ob du nicht schon ohne uns verrückt genug wärst! Die Falter ließen sich kichernd neben der aufreißenden Puppe ihres Nachwuchses nieder, um zu überwachen, dass dem Kleinen ja nichts passierte, bis es die Flügel komplett entfaltet habe.

Ein Schwalbenschwanz, staunte Maja, als sie die ersten Farben erspähte.

Die magst du doch am liebsten, schmunzelte der neue Falter. *Ich hoffe sehr, auch sonst Inspiration für dich sein zu können.*

Oh, ein Charmeur! Maja bedachte den großen Schmetterling mit einem lustigen Blinzeln.

Auf der nächsten Rast blieb sie direkt am Bus, denn eine Gewitterfront verfolgte sie regelrecht über die Po-Ebene. Ein paar Windböen und ein paar einzelne Regentropfen bekamen sie ab, das große Donnerwetter zog knapp hinter ihnen vorüber.

Auch am Zielort hatte Maja Glück. Sie bekam, wie schon zwei Jahre zuvor, im Hotel *Liliana* ein ruhiges Zimmer auf der Rückseite. Zwar gab es inzwischen die Bahnlinie vor dem Hotel nicht mehr, aber der Straßenverkehr war nicht weniger geworden. Ansonsten hatte sich nicht viel verändert.

Der erste Ausflug, wie sollte es auch anders sein, führte nach Monaco. Maja freute sich riesig, dass auch die einheimische Reiseleiterin wieder die Gleiche war, wie beim ersten Besuch. Da waren erstklassige Betreuung und Informationen garantiert.

Maja besichtigte natürlich wieder den wundervollen Kakteengarten und wunderte sich, wie auf der Straßenseite genau gegenüber innerhalb zwei Jahren ein Hochhaus mit angeschlossenem Kakteenwandelhaus aus dem Boden, oder vielmehr dem Felsen, geschossen war.

Durch zwei Plaketten am Tor des Kakteengartens, welche jeweils einen Mönch mit Schwert und einem Schild mit den Rhomben der Grimaldi zeigen, wurde Maja daran erinnerte, wie sich die Vorfahren Fürst Alberts im 13. Jahrhundert den Felsen ergaunert hatten.

Francesco Grimaldi, auch Francesco Malizia, der Schlitzohrige, genannt, erbat sich als Franziskaner verkleidet Einlass in die Festung. Er übertölpelte die Wachen und die Familie übernahm im Handstreich die Festung. Daher also die Mönche mit den Schwertern im Familienwappen.

Na ja, gewusst wie, feixten die Schmetterlinge, weil Maja seit ihrer Zeit im 15. Jahrhundert, auch hin und wieder die Nachlässigkeiten anderer ausnutzte, um Ziele zu erreichen.

Leben möchte ich hier jedenfalls nicht, viel Geld hin oder her, erklärte Maja zum wiederholten Mal. *Ich hatte es beim ersten Besuch für einen Zufall gehalten, aber jetzt bin ich sicher, dass mich alles auf diesem Felsen mit Enge erdrückt.*

Die Falter wussten, dass damit nicht die räumliche Breite die Gassen gemeint waren. In den schmalen Häuserschluchten Dolceacquas hatte sich Maja pudelwohl gefühlt.

Die meiste Zeit verbrachte Maja daher auch in den Gärten von St. Martin, wo sie im Schatten der alten Bäume saß und zwischen den großen Kakteen hindurch aufs Meer hinausschaute. Auch im Ortsteil Monte Carlo wählte sie wieder den Park, statt das Spielcasino, um sich Inspiration zu holen. Sitzen, schauen, einfach nur relaxen und sich zur Erinnerung zwei Gedenkmünzen kaufen, mehr wollte sie nicht.

Die Gedankenfalter blieben ganz brav in der Nähe, um nicht als Futter für die unzähligen Tauben zu enden, die, wie Maja erfreut feststellte, nicht ganz so verstümmelt aussahen, wie beim letzten Besuch.

Aber was nicht als Hirngespinst abgetan werden konnte, war die geheimnisvolle Atmosphäre, als der Bus auf dem Rückweg wieder das Nerviatal kreuzte.

Die Schmetterlinge bewegten andächtig die Flügel. *Spürst du es auch?*

Und wie! Mehr als ihr euch vielleicht vorstellen könnt! Maja klebte buchstäblich an der Scheibe, als sie das Rufen aus der Ferne vernahm. *Leider stehen weder Dolceacqua noch Isolabona auf dem Plan. Oberto wird sich was anderes einfallen lassen müssen, wenn er mich sehen möchte.*

Sie träumte noch immer von jenem Tag, als sie die Geliebte Oberto Dorias, des Admirals aus dem 13. Jahrhundert gewesen war.

Auch am nächsten Tag, als Cannes und Nizza auf dem Programm standen, änderte sich daran nichts. Das geheimnisvolle Rufen blieb, als man des Nerviatal überquerte.

In Cannes waren diesmal wohl nur die Millionäre, aber nicht die Milliardäre, vertreten. Zumindest stach keine der Yachten so aus der Masse heraus, dass sie Maja wirklich aufgefallen wäre. Hubschrauber trugen einige, das war es dann aber auch schon. Es lag auch nichts in der Luft, das irgendwie nach Geheimnissen roch.

Maja lauschte den erklärenden Worten der Reiseleiterin, freute sich über den herrlichen Sonnenschein und die vielen Akteure auf oder im Wasser. Von Gleitschirm, über Jetski bis hin zum Taucher war alles vertreten, womit man sich irgendwie im oder auf dem Wasser vergnügen konnte.

Noch ein abschließender Bummel über die Flaniermeile und dann ging es schon Richtung Nizza.

Maja hätte die Uferstraße kaum wiedererkannt. Nach dem verheerenden Terroranschlag von 2016 hatte man hier einiges verändert. Es waren rund 200 Palmen neu gepflanzt und auch sonst war die Fahrbahn verändert worden.

Der erste Besuch galt Apollo und der Fontaine du Soleil.

Armer Kerl, dich haben sie ja wirklich arg beschnitten, dachte Maja, die wusste, dass die Vorderseite der Statue im 20. Jahrhundert als öffentliches Ärgernis gegolten hatte. Der entnervte Meister hatte schließlich zu Hammer und Meißel gegriffen und den Marmorstein des Anstoßes verkleinert. Was man Apollo gelassen hatte, wirkte nun auf seltsame Weise jämmerlich. Jedenfalls auf Maja.

Zugleich erinnerte sie sich, wie sie mit Ritter Georg und Meister Fabian hier Rast gehalten hatte, als sie nach einem Zeitentor zurück ins 21. Jahrhundert suchte.

Kopf hoch! Der Schwalbenschwanz gaukelte vor ihrer Nase herum. *Nico hat sicher die gleiche Sehnsucht wie du. Er wird einen Weg finden, dich wieder zu treffen. Hab Vertrauen.*

„Kraaaaaah, Kraaaaaah!", erklang es wie zur Bestätigung direkt neben ihr, wo eine Krähe auf dem Brunnenrand herumturnte, um an ein Bröckchen zu gelangen, das im Wasser trieb.

Majas trauriges Gesicht hellte sich gleich ein paar Spuren auf. Sie kaufte sich sogar ein Eis, um die Laune endgültig zu heben. Dann fand sie noch einen ihrer geliebten Münzautomaten, was sie endlich wieder lächeln ließ, zumal hier die Münzen noch mit einem roten, hübsch bedruckten Schächtelchen ausgegeben wurden.

Die Parfümerie Fragonard, die man als Nächstes besuchte, musste Maja auch diesmal wieder fluchtartig verlassen, denn ihre Duftstoffallergie rumorte schon während der Führung so sehr, dass Mund- und Nasenschleimhäute anschwollen und sie mit den Krähen hätte um die Wette krächzen können.

Passt du dich an, kicherten die Gedankenfalter.

Maja lachte kicksend, weil sie nicht richtig atmen konnte. *Vielleicht bekomme ich dann die begehrten Informationen über die Zeitentore auf einem Silbertablett serviert.*

Stattdessen servierte sich Maja am Abend auf dem Balkon selber eine kleine Flasche Wein und freute sich auf die Ausflüge des kommenden Tages.

Seemacht Genua

Am zeitigen Morgen brach die Gruppe nach Genua auf. Maja wusste nicht allzu viel über die Neuzeit der Stadt, über die Vergangenheit umso mehr. Dabei konzentrierte sie sich, wie nicht anders zu erwarten, auf das Mittelalter.

Besonders auf das 12. und 13. Jahrhundert, wo die Seemacht Genua auf dem Gipfel ihrer Macht stand. In der Seeschlacht bei Meloria 1284 besiegelte Genua das Ende Pisas als Flotten- und Kolonialmacht.

Die Genueser hatten 120 Galeeren ausgerüstet und 15000 Soldaten angeheuert. Maja wusste, dass Marco Polo einer der berühmtesten venezianer Gefangenen gewesen war und hier seine Reiseberichte über Asien und den Fernen Osten geschrieben hatte.

Admiral Lamba Doria war der siegreiche Stratege gewesen. Der hatte den Venezianern eine geniale Falle gestellt, welche mit aller Härte zuschnappte. Für seinen genialen Sieg hatte Lamba Doria einen Palast in Genua erhalten.

Admiral Doria? War da nicht was? Die drei Falter blinzelten Maja verschwörerisch zu.

Die schmunzelte. *An den Doria kommt hier keiner vorbei, wenn es um das Mittelalter geht. Die hatten es als Befehlshaber einfach drauf. Strategie und Taktik allererster Güte. So tun, als sei man feige und dann mit der geteilten Flotte von mehreren Seiten angreifen, wo niemand etwas entgegenzusetzen hat. Genial.*

Und zwischendurch die Damenwelt erobern, fügten die Falter anzüglich kichernd hinzu.

Majas Augen begannen genüsslich zu funkeln.

Lamba ist der Bruder Obertos. Und diesem kann ich dazu die besten Zeugnisse ausstellen.

Dass Venedig später, im Chioggia-Krieg, über Genua siegte, stand auf einem anderen Blatt und hatte eher etwas mit Glück, als mit Können zu tun.

Inzwischen hatte der Bus das Hafenviertel erreicht und die Reisegruppe unternahm einen kurzen gemeinsamen Bummel, ehe sich alle für eine Weile in die vier Himmelsrichtungen zerstreuten.

Maja pilgerte zur Kathedrale San Lorenzo, um ein paar Fotos zu machen, ehe sie sich direkt dem Piratenschiff *Neptune* neben dem Aquarium zuwandte. Sie hatte irgendwann in den Nachrichten gelesen, dass Roman Polanski dieses Schiff für über acht Millionen Dollar für seinen Film *Piraten* hatte bauen lassen.

Drei Decks, 70 Kanonen und fünf Knoten Geschwindigkeit, waren die Daten, die Maja noch aus dem Gedächtnis hervorkramte. Ein wirklich stolzes Schiff. Die überdimensionierte Galionsfigur sagte ihr weniger zu. Ein Blick auf die Uhr bestätigte, dass weder genug Zeit war, mit dem Panoramaaufzug *Bigo* einen Blick über den Hafen zu genießen, noch das Meeresaquarium zu besuchen.

Maja hielt lieber nach einer öffentlichen Toilette Ausschau. Die Servicedame schlug die Hände überm Kopf zusammen, als sie Majas sonnenverbrannte Nase zu sehen bekam, und beide scherzten mit Händen und Füßen darüber, weil sie sich sonst nicht verstanden hätten. Mit einem fröhlichen Lachen verabschiedete sich Maja und entdeckte auf dem Rückweg wieder einen Prägeautomaten für Stockschilder.

Den hatte sie zuerst gar nicht als solchen angesehen, weil er, statt der altbekannten Kurbel, ein Schiffssteuerrad für den Drehmechanismus hatte. Mit einem frisch geprägten Souvenir in der Tasche trat sie die Weiterfahrt nach Rapallo an.

Die italienische Reiseleiterin frischte das Geschichtswissen wieder auf, denn der Name der Stadt konnte eigentlich niemandem unbekannt sein. Rathenau und Tschitscherin, vereinbarten hier einen Verzicht auf Reparationszahlungen und die Wiederaufnahme diplomatischer Beziehungen zwischen dem Deutschen Reich und der Russischen Sowjetrepublik. Frankreich besetzte daraufhin das Ruhrgebiet und Großbritannien verlangte die Annullierung des Vertrages. Das war 1922 gewesen.

Eine Zeit, in der du ganz sicher nicht mit Nico zusammentreffen willst, meinten die Gedankenfalter.

Und von da bis 1946 ganz sicher auch nicht, erwiderte Maja beschwörend.

Ohhh, schaut mal! Welch wundervolle Agavenblüte! Maja deutete zum Fenster hinaus.

Die Schmetterlinge lachten. *In wenigen Minuten wird sie schwärmen, weil sie die Hafenburg entdeckt.*

Genau so kam es auch. Maja war wieder ganz Auge und Kamera. Das hinderte sie aber nicht, den kleinen Markt zu besuchen und sich Textilien und Modeschmuck anzuschauen. An einem silberfarbenen Armreif konnte sie nicht vorbeigehen. Der musste als Erinnerungsstück an Rapallo in ihren Besitz kommen. Kein großer materieller Wert, aber ein greifbares Stück, dass sie hier gewesen war.

Ein Grinsen schlich sich auf Majas Lippen, als sie den Namen jenes Schiffes erkannte, dass sie nach Portofino übersetzen sollte. *Ufo.*

Maja lachte schließlich aus vollem Halse. *Vielleicht komme ich nun doch noch auf meinen Heimatplaneten zurück.*

Siehst gar nicht aus wie E.T.

Alles nur Tarnung, erklärte Maja im Brustton der Überzeugung.

Vor lauter Herumblödelei mit den Faltern hätte sie fast vergessen, dass sie am Zwischenstopp noch gar nicht aussteigen musste. Rasch setzte sie sich wieder. Das breite Grinsen der drei bunten Gesellen übersah sie gönnerhaft.

Portofino kam schneller in Sicht, als es Maja erwartete. Sie hatte völlig ausgeblendet, dass sie auf einem Linienboot unterwegs war. Mit einem bedauernden Seufzen begab sie sich an Land, um, trotz der Massen von Touristen, in ungläubigem Staunen zu versinken.

Die idyllische Bucht mit dem kleinen Hafen lud zum Träumen ein. Im glasklaren Wasser konnte sie mehr als zehn Fischarten entdecken und beobachten. Da traten sogar Burgen und andere mittelalterliche Bauten erst einmal völlig in den Hintergrund.

Die Yachten interessierten sie auch nur ganz am Rande, genau so wenig die Hubschrauber, auf fast jedem Schiff. Einzig eine schwarze Yacht, die direkt im Hafen festgemacht hatte und auf deren Heck eine wundervolle riesige Pflanzschale mit weißen Orchideen stand, war ihr, der Blumen wegen, mehrere Blicke wert.

Ansonsten der typische Rummel in millionenschweren Orten, Boutiquen, teure Restaurants, Juweliere ...

Maja war vorgewarnt worden, dass Eis hier extrem teuer sei. Umso mehr freute sie sich, etwas abgelegen, die Kugel Eis für zwei Euro bekommen zu haben. Da konnte man auch für acht Euro essen, hatte aber auch dafür vier Kugeln, wie Maja schmunzelnd feststellte.

Sie werden es dir nicht glauben, prophezeiten die Schmetterlinge.

Das wiederum glaube ich euch aufs Wort, kicherte Maja, genüsslich ihr äußerst schmackhaftes Meloneneis schleckend.

Dabei schlenderte sie durch den Ort, amüsierte sich über die verrückten Skulpturen im Freiluftbereich des Castello Brown, wie ein schwebendes Nashorn und mehrere magentafarbene Erdmännchen auf den Säulen zwischen den schmiedeeisernen Zaunfeldern.

Sieht aber nicht nach Mittelalter aus, witzelten die Falter.

Maja gab ihnen recht. Die immer wieder wechselnden Kunstausstellungen hatten eben manchmal etwas Futuristisches. *Die Burg soll etwa aus dem Jahr 1000 stammen und Castello di San Giorgio geheißen haben. Im 15. Jahrhundert schützte sie den Hafen vor den venezianischen Galeeren. In neuerer Zeit haben dann diverse Hollywood-Schauspieler den Ort weltberühmt gemacht.*

Die Falter schmunzelten. *Auch nicht übel, vom 15. Jahrhundert direkt nach Hollywood.*

Ihr seid albern. Maja entsorgte ihr leeres Eisnäpfchen im nächsten Mülleimer.

Portofino war zu Beginn des 15. Jahrhunderts vom französischen König an Florenz verkauft, später wieder zurückgegeben worden und gelangte in die Herrschafts- oder Verwaltungsbereiche der Spinola, Fieschi, Adorno und Doria, ehe es 1608 dem Hafenamt Rapallo unterstellt wurde ...

Maja kam nicht dazu, weiterzusprechen, denn die drei Falter riefen im Chor: *Haben wir da gerade Doria gehört?*

Habt ihr! Maja schüttelte amüsiert den Kopf. Sie gab es auf, den Faltern neuere Geschichtsdaten vorbeten zu wollen. Sie blieb beim Mittelalter. *An der Seeschlacht bei Meloria, Ende des 13. Jahrhunderts sollen 250 männliche Doria teilgenommen haben. Dass die Doria mit den Spinola verbündet und ghibellinisch waren, während die Grimaldi und Fieschi guelfisch waren, das ist ja allgemein bekannt. Auch, dass die vier Familien trotzdem untereinander heirateten, wie das Wappen im Lichthof von Dolceacqua zeigt. Es geht doch überall nur um Macht und Geld.*

Oder um guten Sex, murmelte ein Falter, mehr für sich.

Maja hatte ihn trotzdem verstanden und grinste vergnügt. *Es war übrigens Oberto, der bei Meloria gesiegt hat.*

Der Falter kicherte. *Ist dir das jetzt bei Sex eingefallen?*

Bei gutem Sex. Diese erste Begegnung war verdammt heiß. Schade, dass immer die Ehefrauen stören müssen. Man sollte so was verbieten!

Die Falte rissen die Augen auf. *Wie jetzt?*

Die Frage muss lauten: Was? Das Stören sollte man verbieten! Maja hatte gerade einen Elektro-Ape, eines der dreirädrigen winzigen Transportautos, fotografiert, steckte die Kamera in die Tasche und wandte sich um, weil sie verbotenerweise auf einen Steg klettern wollte, um ein paar besondere Bilder zu machen.

In der Bewegung prallte sie mit jemandem zusammen, der genau hinter ihr gestanden haben musste.

„Herumspionieren und den Befehlshaber angreifen! Das wird teuer! Nehmt ihn fest!", bellte eine Stimme im Befehlston.

Maja versuchte, einen Schritt zurück zu machen, wurde aber im selben Moment an beiden Oberarmen gepackt.

Eine zweite Stimme erwiderte ziemlich amüsiert. „Bringt ihn direkt in meine Gemächer!

Und wehe, Ihr krümmt ihm ein einziges Haar! Dann wird es für Euch teuer!"

Man drehte Maja in Marschrichtung zum Castello Brown. Aus den Augenwinkeln gewahrte sie mehrere riesige hölzerne Schiffe vor dem Hafen und unzählige Beiboote, ebenfalls aus Holz, die in der Dünung schaukelten.

„Vorwärts!", befahl die erste Stimme, worauf die zweite sagte: „Mäßigt Euch, in Eurem eigenen Interesse!"

Maja wusste nicht, was hier gespielt wurde, nur dass sich wieder ein Tor in eine längst vergangene Zeit geöffnet haben musste und dass es einer der Männer in der Hand hatte, was mit ihr geschah. Sie wagte nicht einmal, sich umzudrehen, um nachzuschauen, in wessen Hände sie geraten war.

Genuesische Flaggen kamen in ihr Blickfeld. *Spinola, Fieschi, Adorno oder Doria*, schoss ihr durch den Kopf und: *Lösegeld kann man für mich nicht erpressen.*

„Kraaaaaahh, Kraaaaaahh!"

Oh, bekannte Laute ... hoffentlich bist du nicht als Galgenvogel hier!

„Kraaaaaahh, Kraaaaaahh, Kraaaaaahh, Kraaaaaahh!"

Tut mir leid, wenn ich dich gekränkt habe. Aber ich habe schlichtweg Angst. Hilf mir bitte, wenn du kannst.

„Kraaaaaahh."

„Stopp!", befahl die erste Stimme, worauf Maja gehorsam stehen blieb.

Dem unmutigen Schnaufen nach, hatte sich die erste Stimme wohl soeben von der zweiten einen bösen Blick eingefangen. Und diese zweite Stimme schien gewaltiges Gewicht zu haben, denn ein paar Männer mit eisernen Brustharnischen eilten herbei, um, ohne Worte zu hören, jeden Wunsch zu erfüllen.

So nickte auch einer Maja zu und bat: „Folgt mir."

Sie beeilte sich, der Bitte zu entsprechen, schon um aus dem Umfeld der ersten Stimme zu kommen, vor der sie sich wie wahnsinnig fürchtete. Der Kerl dazu machte, ohne dass sie ihn gesehen hatte, ganz den Eindruck, als quälte er andere nur, um seinen Spaß zu haben.

„Ihr solltet den Bengel auf Waffen untersuchen lassen!", hörte sie ihn maulen, als die zweite Stimme per Handbewegung Anweisung erteilte, wohin *der* Gefangene zu bringen sei.

Man führte Maja in ein Arbeitszimmer, dessen Tisch mit Seekarten und anderen nautischen Papieren übersät war.

„Wartet hier. Das sind die privaten Räume des Admirals. *Signore frusta* kann Euch hier nichts tun. Hier gilt ausschließlich der Befehl des Admirals."

„Grazie", murmelte Maja. Wenn man sie schon so direkt darauf hinwies, dann musste *Signore frusta,* was sie mit *Herr Peitsche* übersetzte, bei allen nicht sonderlich beliebt sein. Den richtigen Namen wollte sie lieber gleich gar nicht wissen.

Wenige Minuten später hörte sie draußen die zweite Stimme, die, wie sie nun ahnte, wohl dem Admiral gehörte, sagen: „Ich möchte in den nächsten Stunden nicht gestört werden. Bringt Wein und etwas Backwerk in mein Schlafgemach."

Maja biss sich auf die Unterlippe. Das roch verdammt nach Abenteuer, denn der Admiral werde sicher nicht allein speisen. Blieb nur noch herauszufinden, welcher Admiral. Da wurde auch schon die Tür geöffnet und Maja bekam weiche Knie.

„Oberto?", flüsterte sie in freudigem Erschrecken.

Der Angesprochene kam lächelnd auf sie zu. „Dann habe ich mich nicht getäuscht. Ich weiß, dass ich Euch kenne, aber es ist wie hinter einer Nebelwand verborgen. Mein Herz schlägt wie wild, seit ich Euch vorhin in eurer seltsamen Gewandung erblickte. Jetzt nennt Ihr meinen Namen ... Sagt mir Euren! Ich bitte Euch, zerteilt den Nebel, auf dass ich wieder klar sehen kann!"

„Ich bin Maja", erwiderte sie leise. „Welches Jahr schreiben wir jetzt?"

„1284."

„Dann ist alles gut", flüsterte Maja. „Wir haben uns in Dolceacqua getroffen."

„Dolceacqua?", staunte Oberto.

Maja nickte. „Ihr habt mich fortgeschickt, als man die Ankunft Eurer Frau meldete. Wir waren im Turmzimmer. Erinnert Ihr Euch wirklich nicht?"

Oberto nahm Majas Hände, zog sie an sich, streichelte ihr Haar und raunte ihr ins Ohr: „Oh jaaaaa, jetzt erinnere ich mich! Ich hätte Euch verstecken sollen! Signora Gioachina ist nämlich am nächsten Morgen schon wieder fortgeritten. Ich hatte in ganz Dolceacqua und Umgebung nach Euch suchen lassen. Kein einziger Mensch hatte gesehen, wohin Ihr gegangen seid. Es war, als habe Euch die Erde verschluckt. Und seitdem träumte ich davon, Euch wiederzusehen."

Maja schmiegte sich in seine Arme. „Vielleicht bin ich ja die Belohnung für Eure gewonnene Seeschlacht?"

Oberto drückte sie fest an sich. „Dann hat mich der Himmel tatsächlich erhört. Ich möchte die Zeit intensiv genießen, bis man Euch mir wieder in andere Sphären entrückt, mein wundervoller Engel."

Er ließ den Worten Taten folgen, die bewiesen, dass er nicht vergessen hatte, wie ein Reißverschluss und BH-Haken funktionieren. Dem Wächter auf dem Gang fielen bald die Augen heraus, als Admiral Oberto Doria, mit einer fast nackten Frau auf den Armen seinem Schlafgemach zustrebte.

Oberto hatte, weil er nicht sicher sein konnte, unbeobachtet zu bleiben, Maja notdürftig in seinen Mantel gewickelt. Das dümmliche Gesicht seines Untergebenen quittierte er mit dem Lächeln eines Siegers auf allen Ebenen.

Und eines war ganz sicher: Der Mann werde sich hüten, auch nur einen Ton über das Gesehene verlauten zu lassen. Der Admiral konnte im Bruchteil eines Wimpernschlages auf Kriegsherr umschalten und seine finstere Seite präsentieren. Genau das machte ihn schließlich so erfolgreich und brachte ihm Respekt aller gesellschaftlichen Schichten ein. Der Wächter zog sich lieber hinter die Biegung des Ganges zurück, um nicht noch mehr unliebsames Wissen aufzusammeln.

Oberto drückte mit der Hüfte die Tür ins Schloss, verriegelte sie mit einer Hand und steuerte auf geradem Weg sein Bett an. Dem Weinkrug widmete er keinen Blick, dafür umso mehr Maja, die auf dem dunklen Untergrund des Mantels noch hellhäutiger wirkte, als sie ohnehin schon war.

Als sie ihm sehnsüchtig die Arme entgegenstreckte, gab es für ihn kein Halten mehr. Seine heißen Lippen wanderten über ihren Körper, die streichelnden Hände huschten über ihre Haut und seine Zunge fand zielsicher jene Stelle zwischen ihren Schenkeln, wo sie die meiste Lust verspürte.

Es scherte ihn wenig, dass dies in seinem Jahrhundert eigentlich verpönt war. Er hatte die Macht und das Geld, sein Leben zu nicht unerheblichen Teilen seinem eigenen Gutdünken anzupassen. So genoss er mit allen Sinnen seine schmerzlich vermisste Geliebte.

Da die Armbanduhr in dieser Zeit nicht funktionierte, konnte Maja nur am Stand der Sonne ablesen, dass sie sich einige Stunden vergnügt haben mussten. Die ging nämlich inzwischen langsam unter.

Oberto fasste nach dem Weinkrug. Kopfschüttelnd und mit zusammengepressten Lippen stellte er fest, dass nur ein Becher dabeistand. Aber wie hätte der Bedienstete zum Zeitpunkt der Weinorder auch wissen sollen, dass er gedachte, mit *dem Gefangenen* zu trinken?

Er schenkte für Maja ein und prostete ihr schulterzuckend mit dem Krug zu, aus welchem er auch trank. Maja lachte herzlich. Im nächsten Augenblick war Oberto wieder bei ihr im Bett, wo sie sich sogleich noch einmal katzenhaft anschmiegte.

„Ihr habt mir so sehr gefehlt. Ich lasse Euch nicht wieder gehen", erklärte er unumwunden, sie fest im Arm haltend.

13. Jahrhundert – nicht unbedingt das, was richtig glücklich macht, überlegte Maja. *Aber immer noch besser, als bei Cäsar oder Psammetich in noch grauerer Vorzeit hängenzubleiben.*

Gern hätte sie jetzt die bissigen Kommentare der Gedankenfalter zu hören bekommen. Aber die waren wohl, wie schon so oft, im 21. Jahrhundert zurückgeblieben. Nur ein paar Puppen, die allein nicht fliehen konnten, waren im Gedankensalat zurückgeblieben.

„Eurem Gesicht sehe ich an, dass Ihr nicht bleiben könnt", murmelte Oberto betrübt. „Dann lasst mir doch bitte ein Liebespfand hier, auf dass ich mich immer an Euch erinnern kann!"

Aber ja! Genau das ist es! Vielleicht bleibt so ein Tor bestehen oder öffnet sich wenigstens, wenn ich es will! Maja lächelte mit geschlossenen Augen. Nun musste sie nur noch die Kurve kriegen, das Geschenk Oberto schmackhaft zu machen.

„Ihr habt nicht ganz unrecht", begann sie zu erklären. „Es ist in der Tat nicht auszuschließen, dass ich wieder in andere Gefilde zurückkehren muss, ob ich will oder nicht. Ganz gleich, wo ich mich befinde. Selbst dicke Mauern und geschlossene Tore können das nicht verhindern."

Oberto zog sie noch fester in seine Arme. „Das habe ich befürchtet."

„Ich möchte Euch deshalb etwas geben, das nur Ihr allein sehen könnt. Es soll unser Geheimnis sein, das niemand je erfahren darf." Sie hielt ihm die rechte Handfläche entgegen, auf welcher drei winzige Schmetterlingspuppen erschienen. „Gedankenfalter", erklärte sie. „Bewahrt sie gut. Es werden drei wundervolle Schmetterlinge schlüpfen, meine Gedanken, die bei Euch sein werden. Ihr könnt Euch im Geiste mit ihnen unterhalten. Auch, wenn Ihr einmal gar nicht weiter wisst, werden sie guten Rat für Euch haben oder Trost spenden können."

Sie ließ die drei Puppen in Obertos Hand gleiten, wo sie sich nach wenigen Wimpernschlägen durchsichtig wurden und sich scheinbar auflösten.

„Was geschieht mit Ihnen?", fragte der Admiral beunruhigt.

„Nichts Schlimmes. Ihr habt es ehrlich gemeint, mich wiedersehen zu wollen. Sie sind jetzt bei Euren Gedanken und werden bald ausschlüpfen."

Oberto lauschte in sich hinein. „Ich glaube, ich kann sie fühlen ... Ihr weint?"

„Weil ich mich inzwischen selber wie ein Schmetterling fühle, der von jedem Windhauch nach Gutdünken herumgewirbelt wird oder nur in den Gedanken anderer existiert."

Oberto rieb seine Wange an ihrer. „Existieren Engel nicht fast nur in den Gedanken? Ich glaube, ich bin der Einzige hier, der behaupten kann, einen gesehen und berührt zu haben." Dann überlegte Oberto laut, welches Castello er ihr als Wohnsitz schenken würde, bliebe sie bei ihm.

„Eure Worte machen mich sehr glücklich", hauchte Maja. *Warum kann es in der Neuzeit keine Möglichkeit geben, in Nicos Nähe zu sein, Ehefrau hin oder her? Oder hat er aus all den mittelalterlichen Begegnungen den Schluss gezogen, dass das auf Dauer, der Dame wegen, sowieso nicht gut gehen kann?*

„Ich werde übermorgen nach Genua aufbrechen", hörte sie Oberto sagen. „Ihr folgt mir auf dem Landweg zu Pferd. Ihr werdet standesgemäße Kleidung und eine Eskorte bekommen, damit Ihr sicher seid."

Na ja, Frauen haben halt auf Schiffen nichts zu suchen, weil sie Unglück bringen, huschte es durch Majas Hirn.

„Aber bitte nicht *Signore frusta*", begehrte Maja auf.

Oberto winkte lachend ab. „Der ist als Antreiber auf einer Galeere besser zu gebrauchen."

„Er ist ein unangenehmer Mensch", murmelte Maja.

„Aber im Kriegsfall recht nützlich", erwiderte Oberto.

Wie viele Stunden oder gar Tage der Ritt dauern werde, wusste Maja nicht. Sie wollte es aber auch nicht hinterfragen. Sie hoffte nur inständig, dass Oberto dann wirklich in Genua auf sie wartete und nicht per Befehl schon wieder auf See war. Dann konnte es für sie durchaus mehr als nur unangenehm werden. Zumindest bekam sie per sofort die Zusage, sich bis zur Abreise in der Burg und dem ummauerten Bereich frei bewegen zu dürfen. Ein Schneider musste für sie über Nacht die nötigste Kleidung fertigen. Der klimpernde Geldbeutel, den ihm der Admiral unter die Nase hielt, brachte ordentlich Schwung in die Sache. Ohne seine Pflichten als Feldherr zu vernachlässigen, nahm sich Oberto viel Zeit für

Maja. Nicht nur, dass er sie nach der gemeinsamen Nacht in seinem Arm noch ein wenig ruhen ließ, als der Morgen graute, er zeigte ihr auch von den Mauern aus, den schönsten Blick übers tiefblaue Meer.

Am Abend gewahrte Maja in einem der Gänge ein Einhandschwert an der Wand, das hervorragend zu ihrer Größe passte. Sie ließ es mehrfach aus dem Handgelenk heraus kreisen. Die Waffe war perfekt austariert. Sie ahnte nicht, dass sie beobachtet wurde, wie sie mehrere schnelle Hiebe ausführte und agierte, als müsse sie einen Angriff parieren.

„Lust auf einen Waffengang?", hörte sie Oberto fragen, der es sich schon abgewöhnt hatte, sich über sie zu wundern. Maja stammte halt aus einer anderen Welt, was ganz offensichtlich war.

Maja nahm die Hausforderung an und Oberto musste zwei Mal höllisch aufpassen, weil es ihr gelang, seine Deckung zu durchbrechen.

„Kleine Gegner können verdammt gefährlich sein, weil sie rasch unter dem Schild durchzutauchen vermögen", stellte er lächelnd fest. „Ihr wäret in allem die richtige Frau für mich."

Nur bin ich leider zu spät am richtigen Ort, dachte Maja wehmütig, das Schwert an die Wand zurückhängend. *Ihr habt bereits fest gewählt.*

Oberto schluckte. „Ich kann fühlen, was Ihr denkt."

Das war wohl dann auch der Grund, weshalb er die Nacht vor dem Aufbruch nach Genua zu einem Feuerwerk der Gefühle für Maja machte. Er wollte mit allen Mitteln für seine große Liebe kämpfen. Irgendwann ergab sich ja vielleicht die Gelegenheit, die Verbindung zu legitimieren.

Allerlei Aufbrüche

Der Morgen begann hektisch. Die meisten Boote hatten schon abgelegt und von den Schiffen drangen laute Befehle herüber. Oberto war dabei, seine Waffen umzugurten, und Maja schaute immer wieder mit einem flauen Gefühl in der Magengegend aus dem Fenster.

Oberto reichte ihr eine Schwertscheide. „Nehmt die Waffe von gestern Abend aus dem Gang mit. Ich will ganz sicher sein, dass Euch nichts geschieht. Ich muss mich nun sputen. Wir sehen uns in Genua. Passt bis dahin gut auf Euch auf!" Er warf ihr noch eine Kusshand zu, dann eilte er auch schon aus dem Zimmer.

Maja folgte langsam. Auf dem Hof standen sechs Männer mit sieben Pferden. Fünf saßen bei ihrem Erscheinen auf, der Sechste hielt ihr den Steigbügel. Die Männer hatten ehrliche Augen, was Maja sofort beruhigte. Sie nahm die Hilfe beim Aufsteigen und die haltende Hand dankend an, stellte den linken Fuß in den Bügel, stemmte sich empor und fand sich plötzlich auf der Gangway des Linienbootes *Ufo* wieder, als ihr einer aus der Besatzung die Hand als Einstiegshilfe bot.

„Tutto va bene?", (Ist alles in Ordnung?), fragte er beunruhigt, weil Maja deutlich sichtbar zusammenzuckte.

Maja versuchte zu lächeln. „Tutto è buono." (Alles ist gut.)

Nichts war gut und Maja völlig konfus. Sie hatte gehofft, obwohl sie sich auch ein bisschen davor fürchtete, ein paar Jahre mit Oberto verbringen zu können. Nun hockte sie mit hängendem Kopf im Boot und konnte sich nicht einmal über die wundervollen alten Gemäuer am Ufer freuen. Es dauerte auch ziemlich lange, bis sie begriff, dass sie nur zwanzig Minuten Zeitversatz zwischen ihrem Verschwinden und Wiederauftauchen im 21. Jahrhundert hatte.

Wo bist du gewesen und was ist geschehen, fragten die Falter teilnahmsvoll, als Maja endlich wieder ihre Umwelt wahrnahm.

Bei Oberto, sagte sie, nur mit Mühe die Tränen zurückhaltend. *Ich erzähle es euch heute Abend, wenn ich wieder halbwegs klar denken kann.*

Sie eilte nach der Ankunft des Bootes sofort zum vereinbarten Bustreffpunkt, wohin auch die anderen aus der Reisegruppe strebten. Auf der Rückfahrt nach Andora schaute sie, wann immer es sich zeigte, aufs Meer, als könne sie das stolze Schiff des siegreichen Admirals entdecken.

Er wird wissen, dass du nicht freiwillig gegangen bist, versuchte sie der Schwalbenschwanz, zu trösten. *Meine Geschwister werden es ihm sicher erzählen.*

Danke, das hilft mir wirklich, ein bisschen Ruhe zu finden. Maja wandte sich vom Fenster ab und spielte demonstrativ auf dem Tablet. Bloß nicht grübeln, hieß die Devise und die Hälfte der Strecke führte eh durch Tunnel.

Nach dem Abendbrot packte Maja ihren Koffer für die Abreise, dann zog sie sich mit einer kleinen Flasche Medinet auf den Balkon zurück, wo sie ausführlich berichtete, was sich seit ihrem Verschwinden zugetragen hatte.

Von einem Aufbruch zum anderen, sinnierten die bunten Falter.

Wenn es nur mal einer in eine völlig neue Lebenszeit wäre! Wie ich es schon zu Oberto sagte, ich fühle mich wie ein Schmetterling, den der Wind verweht hat, und manchmal sogar wie ein Fisch auf dem Trockenen.

Maja hielt die Flasche hoch, um zu schauen, ob wirklich noch genug für ein zweites Glas da war.

Sie ist noch halbvoll und dein Glas wird ganz voll werden, wisperten mehrere Stimmen von ihrem T-Shirt-Kragen. *Wohl bekomm's!*

Danke, schmunzelte Maja, als sich vier neue farbenfrohe Falter erhoben, um für sie einen bunten Reigen zu tanzen. *Oberto wird im Augen-*

blick vielleicht auch seinen Kummer mit Wein hinunter-
spülen und sich von seinen Gedankenfaltern trösten las-
sen, mutmaßte sie.

Oder aber, er wartet als Nico schon sehnsüchtig, dass
du woanders in seine Reichweite kommst, sinnierten
die Schmetterlinge. *Der Weg durch das Eisacktal*
und durch Tirol ist lang.

Stimmt! Und es gibt unzählige Burgen, die als Kataly-
sator infrage kämen. Maja entsorgte die Flasche,
schloss die Balkontür und träumte die ganze
Nacht von Nico, der in vielen Gestalten auf
jedem Kilometer Autobahn auftauchen konnte.

Am nächsten Morgen rollte sie ihren Koffer
zum Bus, um wieder einmal Abschied von Ligu-
rien zu nehmen.

Oha, wenn das nicht irgendwas bedeutet, schmunzelten die Schmetterlingsgedanken, auf Majas Füße
zeigend.

Ach, du großer Gott! Maja schlug die Hände vors
Gesicht. *Man könnte jetzt ganz romantisch sagen,*
sogar meine Schuhsohlen wollen nicht wieder von hier
weg. Oder aber ganz sachlich: Die Latschen lösen sich in
ihre Bestandteile auf. Da muss ich jetzt durch, in der
Hoffnung, dass ich bis zur Zwischenübernachtung kom-
me, ohne barfuß gehen zu müssen.

Irgendwo hinter dem Gardasee ist doch Einkaufen
angesagt, wenn wir uns nicht irren. Die Falter

betrachteten neugierig die sich bereits halb ablösenden Sohlen.

Hmm, in Mori, falls ich denn damit bis dorthin komme. Maja beäugte ebenfalls argwöhnisch das Dilemma an ihren Füßen. Dann winkte sie ab und stieg in den Bus. Hier konnte wenigstens keiner die Katastrophe sehen.

Am Gardasee wurde plötzlich der Reiseverlauf geringfügig geändert, nämlich dahingehend, dass in Malcesine ein kurzer Zusatzstopp eingelegt werden sollte.

Ich gehe dann mal Schuhe kaufen, legte Maja noch vor Ankunft fest, sicher, dass sie gleich in Halteplatznähe etwas Passendes finden werde.

Sie gönnte sich sogar vorher noch einen Gang aufs *Stille Örtchen,* um dann, dem Fußgängertunnel weiter folgend, im allerersten Geschäft ein Paar schwarzer Sandalen zu erstehen. Die waren teuer, aber Maja hatte keine Lust, erst noch die vielen anderen Läden zu Vergleichszwecken aufzusuchen. Zwar hätte sie woanders einen Bruchteil bezahlt, es wäre aber fraglich gewesen, dass sie damit glücklicher geworden wäre.

Damit kannst du nun neue Wege gehen, prophezeiten die Gedankenfalter.

Eure Worte in Gottes Gehörgang, lachte Maja. *Wenn sie sonst nichts taugen, rücke ich dem Laden wie-*

der auf die Pelle. Schließlich bin ich im Oktober wieder hier ganz in der Nähe.

Dass Malcesine ein paar Blicke mehr wert gewesen wäre, wusste sie. Das Städtchen galt nicht umsonst als eine der Perlen des Gardasees. Selbst die Langobarden schätzten die Lage des Ortes und bauten hier eine Festung. Dann kamen die Franken und die Scaliger und jeder erweiterte die Burg. Sogar Goethe schwärmte von Land und Leuten, obwohl er hier einst als vermeintlicher Spion festgesetzt worden war. Maja mochte die Berge um den See und wusste natürlich um die Seilbahn hinauf auf das Monte Baldo-Massiv.

In einer Stunde kann man, außer Schuhe kaufen, bestenfalls noch ein Eis essen und eine Handvoll Fotos machen, merkte Maja an, als sie recht zufrieden in den Bus stieg. So konnte sie sich in Mori auch ganz dem Einkauf von Likören, Olivenöl und Pasta in allen Varianten widmen, ohne dass ihr irgendwelche Zusatzsorgen im Nacken saßen.

Ich werde langsam schwermütig, bekannte sie, als der Bus Richtung Ora aufbrach. *Wenn ich daran denke, die Berge wieder verlassen zu müssen, dann könnte ich sogar schwer depressiv werden.*

Der Schwarm bunter Falter versammelte sich auf ihrem Arm, um ein wenig Trost zu spenden. *Es ist doch nur für ein paar Wochen.*

Und dann muss ich wieder weg und weiß nicht, ob ich irgendwann noch mal hier sein kann. Maja malte tiefschwarz.

Während sich einige Schmetterlinge in Trauerfalter umfärbten, begann der Schwalbenschwanz beinahe zu strahlen. *Hör einfach auf, zu jammern und freu dich, dass du diese Herrlichkeiten schon so oft sehen konntest. Nimm deinen Laptop und schreibe, erinnere dich und schreibe weiter. Hmm???*

Hmm!!! Maja kramte den Fotoapparat aus der Tasche, um den Erinnerungen zu gegebener Zeit nachhelfen zu können.

Da erreichte der Bus auch schon das Hotel in Ora und Maja bereitete sich auf den Abend vor. Der Blick aus dem Zimmerfenster begeisterte sie nicht wirklich. Es war einfach zu wenig von den Bergen zu sehen. Dafür beobachtete sie mit einsetzender Dunkelheit mehrere Fledermäuse, die zwischen den hohen Bäumen eifrig nach Insekten jagten.

Mit einem entsetzen: *Huch, lauter kleine Draculas,* verschwanden die Gedankenfalter in Majas Tasche und kamen auch nicht wieder hervor.

Ich glaube, du hast das mit dem Heimatplaneten ernst gemeint, staunte am nächsten Morgen der Schwalbenschwanz.

Maja schaut ihn fragend an, begann aber wenige Augenblicke später schallend zu lachen.

Der Busfahrer hatte hinter die Frontscheibe, neben das Schild mit den Daten der Reise, ein großes Blatt Papier mit dem Bild von E.T. und dem berühmten Leuchtfinger gesteckt, worauf stand: Nach Hause!

„Na schauen wir mal, wo wir ankommen", meinte Maja grinsend, ihren Platz einnehmend und immer wieder schmunzelnd, wenn sie an das Schild dachte.

Unterwegs fotografiert sie wieder eifrig Burgen, Schlösser, Kirchen, um Stoff für neue Romane zu haben. Man kam sehr gut voran und die erste Rast war bei Kufstein, von wo aus es unaufhaltsam Richtung Deutschland ging.

Damit die Erlebnisse nicht erst verblassten, begann sie, kaum wieder zu Hause, an einem neuen Roman zu schreiben.

Der schlafende Kaiser

Sie vergaß aber dabei nicht, was sie Paul, dem Kolkraben, in Innsbruck versprochen hatte. Die Fahrt zum Kyffhäuser war ja schon gebucht und die Grüße werde sie ganz sicher ausrichten. Maja freute sich auf die Tour, denn sie war zuletzt als Kind dort gewesen. So rief sie sich ins Gedächtnis, was sie damals gehört und im Unterricht erfahren hatte.

Der Kulpenberg ist die höchste Erhebung des Kyffhäusergebirges. Auf einem Bergvorsprung stehen die Ruinen der Reichsburg Kyffhausen. Laut einer Sage schläft Kaiser Friedrich I., genannt Barbarossa, in einer Höhle im Gebirge. Eines Tages soll er wieder erwachen und das Reich zu neuem Glanz führen.

Es heißt, der Kaiser wache alle 100 Jahre auf. Sieht er Raben um den Berg kreisen, dann begibt er sich für weitere 100 Jahre zur Ruhe. Sein Bart soll unendlich weiterwachsen und bereits zweimal um einen Steintisch reichen. Zum Abschluss der dritten Runde soll das Ende der Welt eingeläutet werden, so der alte Volksglaube.

In dem Fall kann man nur die Daumen drücken, dass in jenem Endkampf das Gute gewinnt, erklärte

Maja den Gedankenschmetterlingen. *Auf alle Fälle kreisen noch Rabenvögel um den Berg und denen werde ich von Paul erzählen.*

Kaiser Friedrich I. hat übrigens im 12. Jahrhundert das erste Mal Zentralgewalt in Deutschland eingeführt, Kaiser Wilhelm I., der Preußenkönig, Ende des 19. Jahrhunderts das zweite deutsche Kaiserreich begründet. Sein Denkmal steht auch auf dem Kyffhäuser. Na ja, und viele träumen heute wieder von einer starken Zentralgewalt, beendete Maja ihre Erklärungen.

Das wundert uns nicht wirklich, sprachen die Schmetterlinge. *Hat es einen bestimmten Grund, dass es dich wieder dorthin zieht?*

Nur den, dass ich oft davon lese und sehen will, was sich seit meinem ersten Besuch alles verändert hat. Ich erinnere mich zudem, dass ich mich hier wahnsinnig gefürchtet habe, vor was auch immer. Vielleicht war es ja das sechs Meter hohe Abbild Barbarossas, das mich eingeschüchtert hat. Oder die gigantischen Köpfe an den Ecken mit den gefährlichen Reißzähnen und den Schlangen daneben. Ich hatte als Kind vor vielem unbestimmte Angst.

Die Falter schauten Maja ungläubig an. *Wirklich? Kaum vorstellbar, wo du doch fast immer allein in der Welt herumreist.*

Man lernt, mit vielem umzugehen. Auch mit Ängsten. Maja lächelte melancholisch. *Könnt ihr euch vorstellen, dass ich früher ganz schüchtern war, weder „muh" noch „maff" gesagt und bei Schwierigkeiten stets den Schwanz eingekniffen habe.*

Der ganze bunte Schwarm schüttelte ungläubig die Köpfe.

Deswegen hat es wohl auch so lange gedauert, ehe du auf Nico reagiert hast, fragte der Schwalbenschwanz.

Maja schmunzelte. *Ja. Und ehe ich überhaupt nach einem wie ihm gesucht habe. Es wäre für mich das Furchtbarste überhaupt, blieben die Zeitentore irgendwann geschlossen. Ohne seine Zärtlichkeiten leben zu müssen, will ich mir gar nicht vorstellen.*

Und die Angriffe durch seine Damen? Die Falter flatterten aufgeregt umher.

Maja zuckte mit den Schultern. *Ich werde sie parieren, solange ich kann. Wer weiß. Womöglich denken die, dass ich ihnen Millionen wegnehme. Die haben doch keine Ahnung, dass für mich eine innige Umarmung viel mehr wert ist.*

Pass auf dich auf, okay?! Der Schwalbenschwanz betastete Majas Hand mit seinem langen Saugrüssel, als wolle er ihr ein Küsschen geben. *Es ist noch gar nicht so lange her, da wolltest du resignieren.*

Vorbei. Ich werde um die Stunden mit Nico kämpfen. Wenn es sein muss, auch wieder mit einem Schwert in der Hand. Als Oberto hat er mich wohl nicht umsonst aufgefordert, eins mitzunehmen. Maja stand auf. *So, meine Lieben – ich weiß ja nicht, wie es euch geht, aber ich bin müde, gehe an der Matratze horchen und von Nico träumen. Gute Nacht!*

Gute Nacht, Maja, antworteten die Gedankenfalter im Chor.

Da Maja ihre Träume bis zu einem gewissen Grad steuern konnte, hatte sie tatsächlich die meiste Zeit Nico vor Augen. Entsprechend gut gelaunt erschien sie den Gedankenfaltern am nächsten Morgen.

Geht es los, fragten die Schmetterlinge.

„Na, was dachtet ihr denn?" Maja kontrollierte, ob sie alles in ihrem Rucksack verstaut hatte.

Zu viel, wie immer, kommentierten die Schmetterlingsgedanken.

Maja lachte. „Aber meist genau das Richtige, um anderen den Hintern zu retten."

Mcgyver on tour, witzelte der Schwalbenschwanz.

„Ihr müsst den Rucksack doch nicht schleppen, also Ruhe im Gefolge!" Maja schulterte ihn, schloss die Wohnung ab und trabte zum Linienbus, der sie zum Halteplatz der Reisebusse bringen sollte.

Warm war es zwar noch nicht, aber trocken, und es sollten, laut Wetterbericht, um die 30 Grad Celsius werden. Maja staunte, denn der silberfarbene Reisebus stand schon da, als sie eintraf. Und noch dazu ein funkelnagelneues Fahrzeug. Der Platz war gut, die Nachbarn nett und man wartete schließlich nur noch auf zwei Nachzügler, die auch einige Minuten nach dem Verstreichen der Frist nicht auftauchten. So blieben wirklich nur diese beiden Sitze leer, als der Bus vom Parkplatz rollte.

Über die A72 und die A38 sollte es bis Sangerhausen gehen und von da auf der Landstraße ans erste Etappenziel.

Maja freute sich immer, wenn die Reiseleiter unterwegs reichlich Daten zu allen markanten Punkten in der Umgebung sprudeln ließen. Diesmal war die Freude nur wieder etwas getrübt, weil vier Damen weiter hinten glaubten, gegen die Informationen aus den Lautsprechern anbrüllen zu müssen, um sich weiter unterhalten zu können.

Zuerst ärgerte sich Maja sehr, dann machte sie eine ulkige Entdeckung. Während drei der Damen wie die Enten schnatterten, machte die vierte unentwegt Geräusche, die Maja schließlich als „ja, ja, ja, jajajaja" in regelrechter Endlosschleife identifizierte. Verblüfft begann sie Strichliste zu führen, und kam auf mehrer hundert Mal „ja" in einer einzigen Minute.

Die Gedankenfalter schüttelten sich aus, vor lauter Lachen, wie akribisch Maja dann noch das Wort ja auf die Fahrzeit hochrechnete. Als sie schließlich versuchte, die gleiche Wortfrequenz zu erreichen, begann sie beinahe zu hyperventilieren und brach unter dem wiehernden Gelächter der Schmetterlingsgedanken den Selbstversuch mit einem breiten Grinsen ab.

Na, das kann ja heute was werden, stöhnte der Schwalbenschwanz mit lustig verdrehten Facettenaugen.

Ich habe euch doch gesagt, ich will einfach nur einen Tag lang Spaß haben, erwiderte Maja. *Ein bisschen hier schauen, ein bisschen da und Inspiration für meine Romane holen.*

Pühhhh! Hab ich es mir nicht gedacht? Einer der Falter trippelte nervös auf der Stelle. *Das riecht doch schon wieder nach Abenteuer.*

Lass es riechen, lachte Maja. *Ich suche ganz bestimmt keins, aber ich wette, eins wird mich finden.*

Die Wette gewinnst du locker, stöhnte der Schwalbenschwanz. *Ist doch immer das gleiche Spiel. Erst hast du deine Augen überall und dann kannst du nicht wegsehen, wenn andere in der Tinte sitzen.*

Und was ist daran so schlimm, wollte Maja wissen.

Nur die dazugehörende Aufregung, gaben die Gedankenschmetterlinge zu. *Genau genommen lieben wir dich gerade dafür, dass du nicht die Augen verschließt.*

Genug der Nettigkeiten, bat Maja, *sonst werde ich vor Verlegenheit noch rot.*

Der war gut! Die Falter begannen amüsiert, als Heiligenschein um Majas Kopf zu kreisen.

Bei Lützen machte sich Maja einige Notizen zur Schlacht von 1632 und den Schwedenkönig Gustav II., der dort sein Ende gefunden hatte.

Ich habe es heute nur mit Herrschern zu tun, die fern der Heimat starben, stellte sie plötzlich fest. *Die Leiche des einen fand man, wenn auch halb nackt und ausgeraubt, wenigstens wieder. Der andere blieb nach seinem tragischen Bad im Fluss und unklarer Grablege für immer verschollen. Kein Wunder, dass er zur Legende wurde.*

Heißt es nicht, einige Körperteile seien in Tarsos, andere in Antiochia beigesetzt worden? Die Schmetterlingsgedanken schauten nachdenklich auf.

Ihr meint Eingeweide und Fleisch, merkte Maja an. *Aber wo blieben die Knochen? Ist das Skelett wirklich in der Kathedrale von Tyrus beigesetzt worden? Ausgerechnet bei Barbarossa weiß man nicht, wo er liegt.*

Jetzt sage bloß nicht, du glaubst auch daran, dass er noch lebt und irgendwo tief schläft, rief der Schwalbenschwanz entgeistert.

Ich sag mal gar nichts, schmunzelte Maja, *im Augenblick erklärt nämlich die Reiseleiterin etwas, das ich hören möchte.*

Wenig später machte man Rast in der Nähe von Leuna. Maja gewahrte auf einem Grünstreifen der Raststätte zwei Saatkrähen, die den Bus neugierig musterten. In diesem Augenblick fiel ihr erst auf, dass sie unterwegs fast gar keine Krähen, Dohlen, Elstern oder Eichelhäher gesehen hatte, von Kolkraben ganz zu schweigen.

Als wir abgefahren sind, war auf dem Baum neben dem Bus eine Elster, erinnerte sich ein Schmetterling.

Richtig, lobte Maja. *Da habe ich mich noch darauf gefreut, heute viele Rabenvögel zu sehen. Zu früh. Selbst auf den abgeernteten Feldern waren nur immer zwei Krähen zu sehen, was ich doch merkwürdig finde.*

Aber du hast jedes Mal an die Grüße gedacht und das haben die Vögel ganz sicher mitbekommen, riefen die Schmetterlinge. *Wie gerade eben auch.*

Maja stieg am Rastplatz aus, suchte das Stille Örtchen und trank dann in Ruhe ihren obligatorischen Begrüßungskaffee, den es auf jeder Reise mit diesem Unternehmen gab, kam mit den Platznachbarn ins Gespräch und genoss die wärmenden Sonnenstrahlen.

Die beiden Krähen ließen sich nicht mehr blicken.

Ach, hier sind sie alle, lachte sie auf der Weiterfahrt, als auf einem Feld ein unglaublich großer gemischter Schwarm aus Dohlen und Saatkrähen auftauchte, der emsig nach Futter suchte. „Schön, dass sich alle vertragen", murmelte Maja und dachte wieder an Paul, dem es sicher auch Spaß gemacht hätte, hier nach Fressbarem zu stöbern.

Du bist doch auch nicht wirklich frei, flüsterte der Schwalbenschwanz, der wusste, was ihr noch durch den Kopf ging, wieder einmal Majas Hand berührend.

Hast ja recht. In Zwängen, gefangen zu sein, ist auch Scheiße. Maja rieb mit dem Fingerrücken ihre Nasenspitze.

Der Falter mokierte sich nicht einmal über die wenig damenhafte Wortwahl.

Der Bus verließ die Autobahn und rollte über die Landstraßen Richtung Bad Frankenhausen. Auf dem Parkplatz des Panorama-Museums war noch nicht viel los, denn es hatte noch gar nicht geöffnet, als man ankam.

Maja nutze sowohl den kurzen Fußweg durch die Wiesen als auch die Ruhe vor dem Ansturm, um den hellen Rundbau vor dem satt postkartenblauen Himmel ohne störende Personen abzulichten. Zudem gab es vor dem Gebäude einige interessante Bronzeplastiken von Lotta Blokker zu bestaunen, was Maja ausgiebig tat.

Dann öffnete sich die Tür zum Museum und die Reisegruppe begab sich zur Garderobe, wo die Ohrhörer für die Führung ausgeteilt wurden. Bis sich alle im oberen Stockwerk eingefunden hatten, nutzte Maja die Zeit, sich einige Kunstwerke in der Schattenströme Ausstellung von Woldemar Winkler anzuschauen.

Dann begann auch schon die Führung. Nicht nur Tübkes Panoramabild war überwältigend – die Art und Weise der Erklärungen war es auch. Selbst unbedarfte Kunstgenießer mussten dabei einfach begreifen, worum es in dem Werk ging und durch welche Elemente welche Wirkung hervorgerufen werden sollte.

Natürlich plärrte mitten in die lauschende Gesellschaft ein Handy, das man im Rund des Gebäudes extrem laut hörte. Es gibt leider immer wieder Mitmenschen, diesmal der älteren Generation, die weder von diesem Ding lassen können noch eine Ahnung haben, wie man es für solche Anlässe komplett stumm schalten kann.

Zumal sich die Reiseleiterin auf der Anfahrt schon fast entschuldigt hatte, in Kindergartenmanier darauf hinweisen zu müssen, dass möglichst alle Geräusche zu unterlassen seien, weil sie durch das Rund des Raumes um ein Vielfaches verstärkt wurden.

Maja grinste. Es musste generell immer einen oder mehrere geben, die quer trieben. Das war ja einer der Gründe, weshalb sie gern in Gruppe fuhr. Da konnte sie so herrlich Menschenstudien betreiben. Und schwupp! Da fotografierte einer, obwohl es auch noch mal gesagt worden war, dass das verboten sei.

Natürlich kam sofort ein Mitarbeiter des Museums und teilte einen Rüffel aus. Das erinnerte Maja an Monaco, wo Rasenlatscher per Trillerpfeife in die Schranken gewiesen wurden.

Recht so, bekräftigten die Gedankenfalter. Maja nickte. Sie stellte fest, dass noch genügend Zeit war, sich die Woldemar Winkler Werke genauer anzuschauen, was sie auch sofort tat, nachdem sie das Panorama-Rondell verlassen hatte.

Sichtlich zufrieden mit Wetter und Eindrücken schlenderte Maja gemütlich zum Bus zurück. Sie hatte noch fast eine Stunde Zeit für die paar Meter, schaute sich die Umgebung an, die Apfelbäume, freute sich über allerlei Getier – nur aus der Familie der Raben sah sie keinen.

Die Schmetterlingsgedanken gaukelten über die blühenden Wiesen. *Ist das nun ein gutes oder ein schlechtes Zeichen?*

Maja zuckte mit den Schultern. *Ein undefinierbares. Vielleicht sind die alle im Urlaub?*

Den Schmetterlingen klappten die Saugrüssel herunter. Auf so eine Antwort waren sie nicht gefasst gewesen. Maja suchte sich ein ruhiges Plätzchen auf dem Parkplatz, hielt das Gesicht der prasselnden Sonne entgegen und scherte sich nicht weiter um die ratlosen Falter.

Was kommt, wird genommen. Was nicht kommt, soll bleiben, wo es ist, erklärte sie ihnen beim Einsteigen zur Weiterreise. *Das Schicksal lässt sich nicht wirklich zwingen.*

Zudem freute sie sich auf das Mittagessen und darauf, einen Blick auf den schiefen Kirchturm von Bad Frankenhausen zu werfen, der weit mehr aus dem Lot ist, als der Schiefe Turm zu Pisa, nämlich ganze vier Meter sechzig. Ihr gelang es sogar, den Turm zu fotografieren. Leider aus einer Position, wo die Neigung nicht so spektakulär wirkte, wie sie tatsächlich war.

Bei diesem Anblick begannen alle zu rätseln, was die Neigung verursacht haben könnte. Maja schmunzelte in sich hinein. Onkel Google wusste Rat, wie so oft. Im Internet gibt es schließlich eine spezielle Seite vom und für den Turm. Der Einsturz eines Erdfalls hatte der Oberkirche 1908 den Rest gegeben. Seitdem läuft auch alles, um Kirche und Turm zu erhalten.

Nach einem wirklich leckeren Mittagessen und viel herzhaftem Gelächter brach man zum Kyffhäuserdenkmal auf. Phasenweise fühlte sich Maja wie damals, als sie noch ein Kind gewesen war – gespannte Erwartung, gepaart mit der Angst, enttäuscht zu werden.

„Mittelgebirgsstraßen haben immer etwas Langweiliges", seufzte sie. Außer Bäumen sah man ja wirklich nicht viel. Im Hochgebirge hingegen wurden die Augen praktisch mit Reizen überflutet und alle Paarhundert Meter tauchten grandiose Blicke auf Felsmassive oder in tiefe Täler auf.

Der Schwalbenschwanz trippelte über Majas Hand, als wolle er sie streicheln. Er wusste, wie sehr Maja die Alpen liebte, und dass sie wohl gerade wieder von Nico träumte.

Der Bus hielt unterhalb des Denkmals, wo der Fahrer erst die Passagiere absetzte, ehe er auf den Parkplatz weiterfuhr. Maja schloss sich keinem der kleinen Grüppchen an, in denen die Mitreisenden den steilen Weg in Angriff nahmen. Sie ging ihr eigenes Tempo und hoffte, unterwegs noch ein paar schöne Schnappschüsse zu machen. Nur stellte sich das am Ende als Irrtum heraus. Allerdings stimmte es mit den Kindheitserinnerungen überein, erst direkt vor und auf dem Denkmal, einen wundervollen Blick übers Land zu haben.

Den hatte sie und die kleine Kamera lief im Dauerbetrieb. Zu aller Freude kam hinzu, dass es einer jener klaren Tage war, an welchem man sogar bis zum Brocken im Harz sehen konnte und zu diversen anderen Bergen.

Bist du nicht in paar Monaten im Harz, fragten die Falter.

Ja, das ist richtig. Ich muss für ein Buch recherchieren. Aber dabei kommt der Spaß nicht zu kurz. Es sind drei Tage für drei Städte und drei Weihnachtsmärkte. Ihr wisst doch, wie sehr ich es liebe, in weihnachtlicher Stimmung durch mittelalterliche Städte zu flanieren.

Maja legte einen Finger vor den Mund und die Falter verstummten. Die offizielle Führung hatte soeben begonnen und die Informationen waren in witzige Sätze verpackt, die immer wieder für Lachsalven sorgten.

Viele Details des Denkmals zoomte Maja auf, um sie genauer betrachten zu können.

Bei ihm wärst du richtig gewesen, flüsterten die Gedanken. *An seinem Hof gaben sich Künstler und Literaten die Klinke in die Hand und es gab Feste, um das zu zelebrieren.*

Maja seufzte. Barbarossa wäre in der Tat einer jener Herrscher gewesen, bei dem sie Ansehen und Rang gefunden hätte. Es wäre kein Problem gewesen, zu seinem Gefallen höfischen Dichtung zu schreiben.

Ja, darin bist du wirklich gut, hörte sie die Falter flüstern.

Worin?

Jemandem das Buch seines Lebens zu schreiben und es zu verherrlichen.

Maja lächelte kaum merklich. Das Buch seines Lebens ... Vielleicht ein paar Episoden oder ein Kapitel aus seinem Leben ...

Stell doch nicht ständig dein Licht unter den Scheffel, protestierten die Gedanken. *Du hättest den Frieden von Venedig besingen können.*

Maja begann zu lachen. *Das kann ich immer noch tun, denn ich fahre in ein paar Wochen auch nach Venedig. Aber glaubt ihr wirklich, er hätte an dieses Kapitel seines Lebens erinnert werden wollen? Zoff mit dem Papst, dem er sich nur unter unangenehmen Mühen entziehen konnte?*

Ach, du hättest das schon so gedeichselt, dass er im Text wie ein Sieger ausgesehen hätte, wiegelten die Falter ab.

Ihr seid Schlitzohren. Maja schüttelte amüsiert den Kopf. *Mal sehen, ob in Venedig überhaupt sein Name fällt und ob ich nach der Reise lieber einen italienischen Admiral oder einen deutschen Kaiser besinge.*

Wir schätzen, der Admiral wird das Rennen gewinnen, amüsierten sich die Schmetterlinge. *Obwohl der Kaiser auch ein hochpotentes Exemplar gewesen sein muss.*

Wenn er auch nur annähernd dem ähnelte, wie ihn das Denkmal darstellt, dann war er auch noch ein wirklich gutaussehendes Exemplar, blinzelte Maja.

Du wirst doch nicht etwa Nico untreu werden?

Ganz bestimmt nicht. Da weiß ich, was ich habe, und das ist wirklich beachtlich. Maja wanderte mit der Gruppe zum Eingang des Denkmals.

Und weil genügend Zeit übrig war, wandte sie sich dem Bergfried zu, um auch von da oben noch ein paar Fotos zu schießen. Erst hier tauchte eine Krähe auf, die es noch dazu ziemlich eilig hatte, zu irgendeinem Ziel zu gelangen, das weit in der Ferne lag.

Vielleicht hat sich Barbarossa ja auch inzwischen zur endgültigen Ruhe begeben, und die Raben haben keine Bedeutung mehr, mutmaßte Maja in diesem Augenblick. *Des Kaisers großes Ziel, Deutschland dauerhaft zu vereinen, ist ja erreicht. Nun fehlt uns nur noch jemand, der die Geschicke des Landes wirklich gut lenken kann, so wie er es für seine Epoche getan hat. Aber welcher Politiker hat heute schon wirklich Charisma und etwas fürs Volk übrig?*

Jetzt hast du die ganze Stimmung der Legende totgemacht, beschwerten sich die Gedankenfalter.

Ach Quatsch! Seht es doch einfach so: Die Raben werden erst aktiv, wenn der Rotbart aufwacht. Und dann fliegen sie oder auch nicht, je nachdem, welche Situation gerade vorliegt. Irgendwann müssen die armen Viecher auch mal fressen und schlafen.

Als die Gedankenfalter gerade protestieren wollten, dass Maja heute völlig unromantisch sei, ertönte es vom Hang des Berges laut und lachend: „Kraaaaaahh, Kraaaaaahh, Kraaaaa-ahh!"

Seht ihr? Sag ich doch! Maja drehte den Gedan-kenfaltern eine lange Nase und richtete dem unsichtbaren Vogel, die Grüße von Paul, dem Kolkraben aus, mit der Bitte, sie weiterzutragen.

„Kraaaaaahh, Kraaaaaahh", machte es von irgendeinem Baum.

Amüsiert schmunzelnd setzte Maja ihre Besichtigungstour fort. Am Brunnen, dem tiefs-ten Burgbrunnen weltweit, überkam sie Ehr-furcht vor der Arbeit jener Menschen, die den Schacht in mühevoller Handarbeit 176 Meter hinab getrieben hatten.

Dass das wenige Wasser, welches man dann unter unsäglichen Mühen heraufzog, rationiert werden musste, konnte sie bestens verstehen. Es waren wohl nur fünf Liter gewesen, die jeder Person in dieser Burg pro Tag zustanden. Für alles wohlgemerkt! Trinken, Essen, Körper-pflege und Wäschewaschen.

Auf dem Weg zum Bergfried entdeckte sie zwei ihrer geliebten Automaten. Flugs kurbelte sie sich zwei Stockschilder zurecht – eins vom Kaiser und das andere vom gesamten Denkmal.

Der Turm selber wartete im Inneren mit Überraschungen auf. Maja hatte nicht erwartet, dass man ihn von außen betreten und von innen wieder verlassen konnte. Umso mehr genoss sie den Abstieg, der in jeder Etagenebene der Treppe liebevoll gestaltet war. Von einer Ausstellung ganz oben, über einen Münzschatz im Fensterschacht, bis zu einem Hexenhäuschen, bei dem eine Katze laut miaute, war viel Interessantes und Amüsantes zu sehen.

Jetzt war der quadratische Bergfried 15 Meter hoch, musste aber zu Kaiser Friedrichs II. Zeiten gut und gerne das Doppelte gemessen haben. Maja hätte die stolze Reichsburg zu deren Blütezeit sehen wollen.

Das ist rund hundert Jahre vor Oberto, überrechneten die Gedankenfalter.

Und mehrere hundert Jahre nach Psammetich, fügte Maja hinzu, um die Falter zu ärgern. *Gehen wir lieber ganz gemütlich zurück zum Bus. Ihr kennt ja meinen Pünktlichkeitsfimmel.*

Auf dem ersten Drittel der Strecke blieb es auch gemütlich, dann kippte genau vor Maja eine Mitreisende mit einem Kreislaufkollaps um. Sofort waren auch Helfer einer englischen Reisegruppe zur Stelle.

Es stellte sich heraus, dass die Frau viel zu wenig getrunken hatte, bei der herrschenden Hitze. Aus den Tiefen ihres Rucksacks zog Maja eine kleine Limonadenflasche hervor, um die Frau wieder auf die Beine zu bringen. Sie selber kam schon von Kindesbeinen an mit einem Minimum an Flüssigkeit aus, konnte also problemlos das rettende Nass weiterreichen.

Damit auf dem Weg zum Bus nicht noch mehr passierte, henkelte sich Maja rechts, der Ehemann der Dame links, ein. Außer ein paar Abschürfungen durch den Sturz, schien der Frau glücklicherweise nichts passiert zu sein. In einer angenehmen Unterhaltung strebten die drei dem Busparkplatz entgegen.

Maja hörte die Gedanken untereinander raunen: *Ob es irgendwann mal eine Reise gibt, auf der nichts Ungewöhnliches passiert?*

Zumindest bin ich euch nicht in andere Jahrhunderte entwischt, witzelte Maja.

Wir sind ja noch nicht zu Hause.

Auf der Heimfahrt blieb aber alles friedlich. Sogar die Ja-ja-Dame senkte ihre Wortfrequenz, was darauf hindeutete, dass sie vom vollen Tagesprogramm ziemlich geschafft sein musste.

Sehnsucht – nicht nur nach dem Süden

Maja erinnerte sich daran, was ihr Oberto von der Schlacht gegen die Pisaner berichtet hatte. Diese waren mit drei Geschwadern gegen die Genueser gezogen und wähnten sich in der Überzahl, weil die Gegner nur mit zwei Geschwadern unter Oberto Doria und Corrado Spinola angetreten waren.

Nachdem man sich mit Pfeilen und Steinen beschossen hatte, enterte man die gegnerischen Schiffe. In diesem Augenblick tauchte das dritte genuesische Geschwader unter dem Befehl Benedetto Zaccarias auf, der sich bis dahin mit seiner Flotte gut versteckt gehalten hatte, nun das pisanische Flaggschiff eroberte und Morosini gefangen nahm. Graf Ugolino della Gherardesca wagte daraufhin nicht mehr, mit seinen 20 pisaner Schiffen in den Kampf einzugreifen.

Maja seufzte. Als sie in Portofino gewesen war, hatte Oberto noch ganz im Banne seines Sieges gestanden. Ob er wohl genauso oft an sie dachte, wie sie an ihn? Wahrscheinlich!

Diesmal schickte sich Maja an, die rivalisierende Seerepublik Venedig zu besuchen, oder vielmehr das, was heute noch daran erinnerte.

An einem fast warm zu nennenden Herbsttag im Oktober begab sie sich zum Halteplatz des Reisebusses. Schmunzelnd nahm sie zur Kenntnis, dass drei Krähen unter dem Bäumen herumhüpften und das Geschehen interessiert beobachteten.

Na, habt ihr diesmal wieder gute Kunde für mich, dachte Maja, ihr kleines Köfferchen an den Busfahrer übergebend, der es im Gepäckraum verstaute.

Die erste gute Nachricht des Tages bekam sie von der Reiseleiterin: „Reihe vier hinterm Fahrer, Fensterplatz."

Dass sie dort allein saß, war gleich der nächste Grund zur Freude. So konnte sie sich ausbreiten und aus dem Fenster fotografieren, ohne jemanden ernsthaft dadurch zu stören. Majas Mundwinkel wanderten noch ein Stückchen höher, denn der ganze Bus duftete nach frisch angesetztem Kaffee. Die wirklich komfortable Beinfreiheit zwischen den Sitzreihen war das i-Tüpfelchen der ersten Eindrücke.

Genießerin, lachten die Gedankenschmetterlinge. *Vergiss vor lauter Wohlbehagen bloß nicht, warum du nach Italien fährst.*

Ganz bestimmt nicht, erwiderte Maja, nach dem Gurt fassend und sich anschnallend, bevor sie Notizblock und Kugelschreiber aus der Tasche nahm, um alle wichtigen Dinge sofort zu Papier bringen zu können.

Das Wetter wusste wohl noch nicht genau, ob es nun gut oder schlecht werden wollte. Es bewegte sich zwischen dem Versuch, ein paar Tropfen fallen zu lassen und Nebel. Der Fahrerwechsel war diesmal im nebeligen Münchberg, die erste Rast bei 17 Grad Celsius auf dem sonnigen Rastplatz Fürholzen.

Und irgendwie passte alles zueinander. Kein Stau bis und in München. Der Fahrer beschloss, der schönen Aussichten wegen, über Garmisch-Partenkirchen zu fahren. Er konnte nicht ahnen, dass ausgerechnet da der Pferdefuß in Form einer Baustelle mit Stau lauerte.

Das wiederum hatte zur Folge, dass wegen der Lenkzeiten eine längere Pause bei Zirl eingelegt werden musste. Die Gedankenschmetterlinge schauten Maja bedeutungsvoll an.

Ja, ich weiß, es gibt keine Zufälle. Ob Sigmund wohl ahnt, dass ich ganz in der Nähe bin?

Er wird jetzt Schluckauf oder Ohrensausen haben, witzelte der Schwalbenschwanz. *Unsere Geschwister werden ganz sicher fühlen, dass du hier bist und ihn aufmerksam machen, sollte er es nicht von allein merken.*

Maja seufzte. *Ich habe Sehnsucht.*

Nach ihm oder nach Georg?

Die knappe Frage brachte Maja in Bedrängnis. *Meint ihr wirklich, dass es sich um zwei verschiedene Personen handelt?*

Die Falter blieben ihr die Antwort schuldig. Wussten sie doch selbst nicht so genau, ob die beiden Männer identisch waren. Nico wechselte ja ständig die Gestalt. Auf alle Fälle beobachteten sie Maja sehr genau, die genau so plötzlich verschwinden konnte, wie ihr Nico stets erschien.

Diesmal gab es keine Ungewöhnlichkeiten. Maja verrenkte sich nur fast den Hals, um viel und lange etwas von der Burg Fragenstein zu sehen. Dass sie sich nach Nico verzehrte, konnten die Falter überdeutlich spüren. Sie verkniffen es sich aber gründlich, Kommentare zum Thema zu geben, auf die Maja in jedem Fall in die eine oder andere Richtung überreagiert hätte. Nico bestimmte im Augenblick ihr ganzes Denken.

Das Wipptal entlang erklomm der Bus den Brennerpass, um schließlich ins Eisacktal zu fahren. Erst hier begannen die Gedankenschmetterlinge wieder, witzige Bemerkungen zu machen.

Jetzt weißt du, warum das hier Sachsenklemme heißt, lachte einer. *Sitzt wegen Nico ja ganz schön in der Klemme.*

Maja musste grinsen. Irgendwie hatten die kleinen Biester ja recht. Dem Tiroler Volkshelden Andreas Hofer wäre wegen dieser Erklärung aber ganz sicher der Unterkiefer auf die Stiefelspitzen gefallen.

500 Tiroler Schützen unter Peter Mayr, zu denen auch sächsische Truppen gehörten, waren 1809 hier in einem Hinterhalt aufgerieben worden, wodurch es zu dem Namen *Sachsenklemme* für diese Engstelle im Tal gekommen war.

Der Bus passierte soeben die Franzensfeste und die Reiseleiterin gab einige Verschwörungstheorien in Bezug auf das italienische Gold und das Bernsteinzimmer zum Besten. Maja war heute nicht in der Stimmung, über die kriegerische Vergangenheit des Landstriches nachzudenken. Das hatte sie schon oft und ausgiebig getan. Diese Reise sollte nichts trüben, schon gar nicht Gedanken an Tod und Vergängnis.

Akzeptiert, hörte sie die Gedanken flüstern, die sich mit ihr über den strahlenden Sonnenschein und die wundervollen Felsen freuten.

Schau mal, Brixen! Und bald kommen wir an Klausen, Säben und Villanders vorbei.

Maja lächelte. Ja, sie hatte an all die Orte wundervolle Erinnerungen. Das Kloster Säben thronte wie eh und je, einer kostbaren Krone gleichend, auf seiner Bergspitze.

Die Reiseleiterin erzählte über Oswald von Wolkenstein und die Trostburg, worauf sowohl Maja als auch die Gedanken in sich hinein grinsten.

Trostburg ist gut, meinte ein Pfauenauge. *Fragenstein könnte man auch in die Kategorie stecken.*

Jaaaa, das trifft den Nagel auf den Kopf, gab Maja zu. *Ich hätte jetzt auch Lust, mich von Sigmund ein wenig trösten zu lassen.*

Worüber hinweg? Die Falter flatterten neugierig um Maja herum.

Die kicherte. *Muss man denn immer für alles einen ernsthaften Grund haben? Ein bisschen Trost außer der Reihe, so auf Vorrat, ist doch auch nicht schlecht. Schade, dass man den nicht auf Flaschen ziehen, und im Notfall genießen kann.*

Damit hättest du den Gedanken vom Trost auf Vorrat gleich ad absurdum geführt, lachten die Falter aus vollem Hals.

Maja zuckte mit den Schultern. *Vielleicht wird so was ja irgendwann erfunden.*

Dafür gibt es bunte Pillen.

Ihr seid doof! Maja zog eine Augenbraue hoch und spitzte pikiert die Lippen.

Die Falter zogen die Köpfe ein. Der sensible Schwalbenschwanz beeilte sich, Maja wieder milde zu stimmen, indem er auf ihrem Handrücken Platz nahm und seinen Saugrüssel ausrollte, als wolle er ihr ein Küsschen geben.

Schon okay. Die einen wollen unbedingt das Teufelszeug haben, für andere sind die Berge eine Art Droge. Ich gehöre halt zur zweiten Kategorie.

Und wo stufst du Nico ein?

Maja schloss für einen Moment die Augen. *Er ist für mich wie die Luft, die mich am Leben hält.*

Hab's befürchtet, murmelte der Schwalbenschwanz. *Dann sollten wir ihn wohl gemeinsam bei Laune halten.*

DAS ist mal ein vernünftiger Vorschlag, meinte Maja.

Und schon strahlt sie wieder, riefen die Falter im Chor.

Das Lächeln verstärkte sich auf dem nächsten Rastplatz, dem *Paganella,* auch noch. Denn dort erspähte Maja ihre Lieblingsleckerli. Selbst der immens hohe Preis hielt sie nicht ab, zwei Schachteln der begehrten Minzkaugummis zu erstehen. Schließlich musste sie wieder mehrere Tage oder gar Wochen damit auskommen, weil es die wirklich nur in Italien zu kaufen gab.

Ein Admiral-Falter untersuchte die Plastikschachtel scherzhaft. *Wie war das mit den bunten Pillen?*

Maja hob drohend den Zeigefinger. *Wenn sie leer ist, sperre ich dich hinein. Dann kannst du in dich gehen und kommst erst wieder heraus, wenn du Besserung gelobst.*

Dann lass mir aber wenigstens ein Bonbon drin, damit ich weiß, warum ich in Einzelhaft sitze. Der Admiral flog kichernd davon.

Darüber lässt sich reden, blinzelte Maja, das Schächtelchen öffnend, um sofort einen der winzigen dragierten Kaugummis zu genießen. Dann stand sie, das Gesicht der Sonne zugewandt, und ließ sich noch einen Cappuccino aus der Bordküche des Busses schmecken.

Urlaubsstimmung, wisperten die Gedankenfalter im Brustton der Überzeugung und Maja stimmte mit einem breiten Lächeln zu. Ja, sie werde die wenigen Tage in vollen Zügen genießen. Sie freute sich auf das gute Essen der venezianischen Region und auf die vielen Orte, die auf dem Tourenplan standen. Ein paar Kilo mehr auf den Rippen konnte sie verschmerzen. Nico werde sicher beim nächsten Date gönnerhaft darüber hinwegschauen, getreu dem alten Spruch: Von der Frau, die man liebt, kann man nicht genug haben. *Jedes Kilo muss er nehmen,* setzte Maja in Gedanken grinsend hinzu.

Affi lag bereits hinter ihnen, die untergehende Sonne tauchte die Landschaft in gedämpftes Licht. Nur noch wenige Kilometer bis Garda, wo sie eine gleißende rotgoldene Spur in den gleichnamigen See zog. Wow! Italien gab sich, wie bei jedem Besuch, alle Mühe, Maja mit den angenehmsten Eindrücken zu verwöhnen.

Kein Brimborium beim Einchecken ins Hotel, kein Schnickschnack, was alles zu unterlassen sei. Majas Lächeln schaltete auf Dauerbetrieb. Das Zimmer auf der ruhigen Hinterseite war groß, genau wie das Bad. Der Blick vom Balkon verfing sich in undurchdringlich silbergrünem Laub großer Olivenbäume. Das war Bett gut.

„Nicht übel", murmelte Maja, während sie es sich für die nächsten drei Tage häuslich einrichtete.

Das Essen im Hotel übertraf Majas Erwartungen gewaltig. Einzig der Automatenespresso schmeckte nicht, sodass sie auf heiße Schokolade umstieg, weil es erstaunlicherweise keinen Cappuccino gab.

Man kann nicht alles haben, witzelten die Schmetterlinge. *Einen Fensterplatz im Bus, bestes Reisewetter, ein hübsches Zimmer, gutes Essen und dann auch noch das Lieblingsgetränk? Das ist wirklich zu viel verlangt.*

Hole ich mir halt morgen im Bus einen Cappu und noch einen in einem hübschen Ristorante irgendwo am Wegesrand, schmunzelte Maja. *Schließlich muss ich ja den Geschmack vergleichen.*

167

Und am Ende braucht sie beide Plätze auf der Heimfahrt, grinsten die Falter.

Gut, dass ihr mich daran erinnert, dass ich mich ausbreiten kann, lachte Maja, sich einen Pudding mit Maronen-Orangen-Soße holend.

Nun geht aber wirklich nichts mehr rein, sonst müsst ihr mich ins Zimmer rollen.

Und was sagt Nico dazu? Ein winziger blauer Schmetterling schaute Maja teil neugierig, teils vorwurfsvoll an.

Das werde ich merken, gab sie zurück. Bisher hatte sich Nico nicht beschwert, wenn sie ein paar Pfunde mehr auf den Rippen hatte. Trotzdem gingen die Worte des Bläulings nicht spurlos an ihr vorüber. Unter der Dusche hätte sie alles dafür gegeben, Nicos Hände auf ihrer Haut zu spüren. Sie träumte mit offenen Augen von einem Wiedersehen. Da meldete sich das Smartphone …

Maja knotete sich rasch das Badetuch um den Körper und eilte zum Bett, wo das Gerät auf dem Nachtschränkchen als Wecker fungieren sollte. Irgendwo in den Bäumen vor dem Balkon krächzte eine Krähe. Beim vierten Rufton hatte Maja das Telefon in der Hand und starrte ungläubig auf das Display. Die Nummer, da war sie sich ziemlich sicher, hatte sie schon einmal gesehen – damals, im Bus von Paris nach Hause.

Statt mit ihrem Namen meldete sie sich mit einem zaghaften „Hallo", was sonst gar nicht ihre Art war.

„Hallo, mein Liebling! Wie geht es dir?", hörte sie Nico fragen und setzte sich wie in Zeitlupe auf das Bett.

„Mir geht es gut", hauchte sie, die Kamera zuschaltend. „Du fehlst mir so sehr."

Beim Anblick ihrer nackten Schultern zog Nico die Augenbrauen zusammen, entspannte sich aber im Bruchteil eines Wimpernschlags, als er den Knoten im Badetuch entdeckte. Ein verträumter Glanz stieg in seine Augen.

„Ich wäre jetzt auch lieber bei dir", flüsterte er. „Ich möchte dich ganz nah spüren, die Wärme deiner Haut, wie dein Haar beim Liebesspiel meine Brust berührt, will dich riechen, schmecken …"

Natürlich rein zufällig, wie Maja jederzeit geschworen hätte, löste sich der Knoten und das Badetuch machte sich selbstständig. „Lass mich nicht so lange warten. Du weißt, dass ich süchtig nach dir bin." Sie hauchte einen Kuss in die kleine Kamera.

„Bald", wisperte Nico, während Bild und Ton immer mehr verschwanden.

Maja wunderte sich nicht, dass dieser Anruf auf der Liste der angenommenen Gespräche fehlte. Wer weiß, welch glücklichem Umstand sie es zu verdanken hatte, dass sich ihr Geliebter überhaupt per Technik meldete.

Zufrieden mit dem ersten Urlaubstag? Die Gedankenfalter flatterten als pastellfarbene Wolke um sie herum.

Ja, sehr. Maja ließ sich rücklings in die Kissen fallen. *Ich werde heute ganz wundervoll träumen.*

Oder gar nicht schlafen, lachte der Schwalbenschwanz. *Ich kenne dich doch!*

Er sollte recht behalten.

Trotzdem war Maja morgens putzmunter. Sie ließ sich Müsli und Brötchen mit Orangenmarmelade schmecken, nippte versonnen an der heißen Schokolade und freute sich auf Sirmione, das heute auf dem Tagesplan stand. Sie hatte aufgehört, zu zählen, wie oft sie schon dort gewesen war.

Die Wetterprognosen verhießen nur Gutes und Maja beschloss, diesmal die Scaligerburg und die Grotten des Catull vom Wasser aus zu besuchen.

Eigentlich hatte Maja nie vorgehabt, sich näher mit den Scaligeri zu beschäftigen. Aber immer wieder stolperte sie über die Herren von der Leiter, wenn sie zu den Seekriegen Oberto Dorias recherchierte. Zudem waren die eindrucksvollen Burgen mit den charakteristischen

Schwalbenschwanzzinnen in vielen italienischen Orten nicht zu übersehen, wie in Malcesine, Sirmione oder Verona.

Auf dem Weg nach Sirmione war eigentlich vorgesehen, durch das Tor der Festung von Peschiera zu fahren. Nur passte die Größe des Busses nicht zum lichten Maß des Tores und der Fahrer musste schweren Herzens wenden. Maja fotografierte während des Manövers und kramte gleichzeitig aus dem Gedächtnis hervor, dass das Städtchen mitsamt der Festung 1260 an Mastino I. della Scala gegangen war. Ende des 14. Jahrhunderts übernahmen dann die Visconti das Ruder.

Schade, ich hätte die Festung gern näher kennengelernt, seufzte Maja.

Die Gedankenfalter schauten auf. *Seit wann interessieren dich rein militärische Anlagen?*

Nur architektonisch, wiegelte Maja ab. *Oder findet ihr etwa nicht, dass sie imposant aussieht?*

Den Faltern blieb nichts weiter übrig, als dies zu bestätigen. Alles andere wäre auch eine glatte Lüge gewesen.

An diversen Vergnügungsparks vorbei, ging es rasch Richtung Sirmione. Am frühen Morgen war noch nicht viel los und man werde sicher auch als Erste auf dem Parkplatz sein. Maja kannte es aus mehrfachem Erleben, dass es hier erst in den Mittagsstunden richtig heiß her ging, egal zu welcher Jahreszeit.

Genau so kam es auch. Man konnte ganz entspannt auf zwei der Ausflugsboote warten, auf die sich die Teilnehmer am Tagesausflug verteilten. Der gutaussehende Skipper hatte zudem ein warmherziges Lächeln für alle seine Passagiere übrig, was ihn sofort sympathisch machte.

Maja bedankte sich mit einem erfreuten: „Grazie!", für die hilfreiche Hand beim Einsteigen, worauf ein erstauntes: „Prego!", kam. Sie merkte auch recht schnell, dass sie mit ihren paar Brocken Italienisch ziemlich viel anfangen konnte, denn der Skipper entschuldigte sich mehrfach, keine anderen Sprachen zu beherrschen. Also gab sie die Erklärungen an die neben ihr Sitzenden auf Deutsch weiter. Kein Problem, so gut wie sie diesen Flecken Erde inzwischen kannte.

Ein Sahneschnittchen, wäre ich 20 oder 30 Jahre jünger, schmunzelte sie irgendwann, worauf die Falter amüsiert grinsten. Ja, der junge Mann hätte damals perfekt in Majas Beuteschema gepasst.

Lass das bloß nicht Cäsar hören! Der wirft dich sonst doch noch den Löwen vor, wisperte der Schwalbenschwanz ängstlich, denn die Grotten des Catull waren bereits in unmittelbarer Nähe.

Maja nahm es gelassen. *Meinst du, der erscheint, nachdem sich gestern Nico gemeldet hat? Und Nico wird es mir nachsehen. Er weiß genau, dass ich keine ernsten anderweitigen Ambitionen habe. Flirten ist nicht verboten und ein bisschen Eifersucht tut zudem manchmal wahre Wunder.*

Du hast doch gar nicht geflirtet, rief das Tagpfauenauge.

Eben! Maja wandte sich dem Fotografieren der Ruinen aus römischer Zeit zu, die man heute völlig irreführend Grotten nannte.

Nach ein paar Minuten stoppte der Skipper das Boot und wiederholte, auf das Wasser zeigend, das Wort *Geysir.*

Maja ging rasch ein Licht auf. Die winzigen Blubberbläschen waren also die sichtbaren Zeichen dafür, dass sich genau hier auf dem Grund die berühmten heißen Quellen des Sees befanden! 69 Grad Celsius, sagt man, soll die heiße Mineralquelle Boiola haben. Rasch gab sie ihr Wissen an die Mitreisenden weiter.

Man passierte die Thermalbäder am Ufer und näherte sich der Scaligerburg, die Maja diesmal in voller Schönheit von der Seeseite aus ablichten konnte. Ein Anblick, der sie fesselte. Eine majestätische Trutzburg, die unbestritten ein architektonisches Meisterwerk der Extraklasse darstellte.

Die Möwen und Tauben veranlassten die Schmetterlinge, in Majas dünner Windjacke

Schutz zu suchen. Im Gegensatz zu Menschen konnten Tiere die bunten Falter sehen und natürlich versuchten sie hin und wieder, sich eine Mahlzeit zu fangen. Bisher glücklicherweise ohne Erfolg, weil die Gedankenfalter immer auf der Hut waren.

Die Fahrt endete am inneren Hafen der Burg, nachdem die Boote durch die kleinen Tore unter der Brücken hindurch gefahren waren.

Maja beeilte sich, ehe der große Besucheransturm losging, ihr blaues Lieblingseis zu holen. Böse Zungen behaupteten schon, dass es keine Schlümpfe mehr auf der Welt gäbe, weil Maja alle als Eis verputzt habe. Also machte sie ein Selfie mit ihrer Riesenportion, um zu zeigen, dass es mindestens noch einen Schlumpf geben haben musste. Sie schlenderte, ihre Leckerei genießend, durch die wundervollen, schmalen Gässchen, schaute unzählige Schaufenster an und fand sich rechtzeitig wieder am Bus ein.

Sie freute sich auf den zweiten Teil des Tages in Bardolino, wo auf einem Weingut eine Verkostung stattfinden sollte. Maja mochte das edle Getränk und es war immer wieder erstaunlich, was die Weinkeller an Schätzen bargen. Wie nicht anders zu erwarten, ging sie auch hier nicht mit leeren Händen hinaus.

Für einen wirklich guten Wein gab sie gern ein paar Euro mehr aus. Die meisten ortstypischen Weine enthielten sehr viel Säure, doch der weiße Wein hatte jene Süße, die sie über alles mochte. Irgendwann kam ganz sicher wieder ein Augenblick, der mit einem besonders edlen Tropfen geadelt werden musste.

Diese harmlose Überlegung scheuchte die Gedankenfalter auf. *Nicht das Wort Adel! Diese alten Gemäuer hier riechen förmlich nach den Adelsfamilien, die sie einst in Auftrag gaben. Jedes Mal wenn du in ein Zeitentor eintauchst, sind wir in Panik, dass du wieder für Jahre verschwinden könntest!*

Maja zog einen Flunsch. Alkohol, so eben auch der gerade getrunkene Wein, bewirkte bei ihr, dass sie sich in sich vergrub, wo andere aus sich heraus gingen. So zog sie es auch vor, die anstehende Freizeit direkt im Ort Bardolino allein zu verbringen.

Sie tauchte in die Stille der Kirche San Severo ein, der gegenüber der Bus gehalten hatte. Das wundervoll anzuschauende Gotteshaus wurde bereits im Jahr 893 erwähnt. Maja hatte irgendwo gelesen, dass die Kirche Anfang des 12. Jahrhunderts von einem Erdbeben in Mitleidenschaft gezogen worden war. Das hatte ihr wohl die romanischen Stilelemente eingebracht, die sie heute noch prägten.

Immer mehr Personen der Reisegruppe fanden sich ein und Maja floh aus dem Stimmengewirr zum Wasser. Die Gedankenfalter flatterten besorgt hinterher.

Alles gut? Der Schwalbenschwanz balancierte vorsichtig über den Riemen der Tragetasche.

Alles bestens, beruhigte ihn Maja. *Ich will nur ganz in Ruhe ein wenig über mich, Nico, das Leben und die nächsten Kapitel in meinem neuen Manuskript nachdenken.*

Du hoffst, dass er jeden Moment hier erscheint, stellte der Falter richtig.

Nicht ganz, lächelte Maja. *Ich habe gelernt, zu warten, bis es Nico für richtig hält, mich zu sich zu holen. Er hat ‚bald‘ gesagt. Das heißt aber nicht, dass es in den nächsten drei Tagen ist. Es schließt allerdings auch nicht aus, dass ich mich stündlich mehr nach ihm sehne.*

Sie flanierte die Strandpromenade entlang, wobei sie die vielen anderen Spaziergänger nur am Rande wahrnahm. Erst als sie ganz allein war, schaute sie sich erstaunt um. Sie hatte nicht erwartet, hier einen Flecken zu finden, den der Trubel komplett verschonte. Ganz in der Nähe waren der kleine Bootshafen und ein Campingplatz, wenn sie richtig hingeschaut hatte.

Noch ein paar Meter den Berg hinauf musste der Busparkplatz sein, wo der Fahrer auf die Gruppe warten wollte.

„Kraaaaaah", machte es neben ihr.

Zwischen den feuchten Steinen am Wasser stöberte eine Krähe nach Fressbarem.

„Ist eigentlich eine gute Idee. Ich habe auch Hunger." Maja kramte ein paar Schokokekse aus der Tasche, denen die Wärme des Tages gar nicht gutgetan hatte. „In der Not frisst der Teufel fliegen", grinste sie, den Klumpen mühsam zerteilend. Bis zum Abendbrot würde sie schon nicht verhungern. Am Bus hätte sie sich zudem eine Fünf-Minuten-Terrine holen können, wenn sie es denn gar nicht ausgehalten hätte.

Rivale Venedig

Der nächste Morgen – Freitag, der Dreizehnte – begann mit einem Paukenschlag. Maja verließ das Hotelzimmer und stellte fest, dass sich die Tür nicht verriegelte. Zugleich schrillte der Zimmeralarm in einer Lautstärke, die man im ganzen Hotel hören musste.

Für sieben Uhr war das Frühstück angesetzt, sieben Uhr dreißig sollte die Reisegruppe nach Venedig aufbrechen. Maja probierte es, mehrmals ohne Erfolg, den Alarm zu überlisten. Völlig entnervt ließ sie die Tür offen und rannte ins Nebengebäude, um einen Hausmeister zu bekommen.

„Hausmeister kommt sieben Uhr fünfzehn", hieß es lapidar.

Maja rannte zurück. Jeder, der vorbeikam, fragte, was los sei, keiner konnte helfen. Bis sich ein junger Mann aus der Reisegruppe der Sache annahm ...

Mit roher Gewalt überdrehte er den Türriegel, bis der nervende Piepton verstummte. „So. Tür ist zu."

Maja bedankte sich lachend. „Wenn ich heute Abend nicht wieder rein komme, muss halt doch noch ein Spezialist ans Werk gehen."

Sie flitzte ins Nebengebäude, bestellte den Techniker ab, eilte in den Speisesaal und schaffte es gerade noch, ein Müsli nebst heißer Schokolade zu genießen, ehe sie direkt zum Bus lief.

So was kann auch nur dir passieren, kicherten die Schmetterlinge. *Vor allem aber: Immer und immer wieder!*

Maja lachte aus vollem Hals. *Was wollt ihr? Es ist Freitag, der Dreizehnte! Irgendeiner muss doch demonstrieren, dass da Vorsicht geboten ist. Mein Soll ist für heute erfüllt. Nun sind andere dran.*

Erst einmal aber hüllte sich der Morgen in kühlen Nebel. Maja hatte sich drei unterschiedliche Jacken mit in den Bus genommen, um vor Ort die richtige nach Temperatur und Feuchtigkeit wählen zu können. Sie hasste es, zu frieren oder gar nass zu werden, ohne Möglichkeit, den Zustand zu ändern.

Über Majas Gesicht huschte ein amüsiertes Grinsen. In den ganzen Jahren, bei den vielen Italienbesuchen, hatte sie die Po-Ebene stets nur bei strahlendem Sonnenschein erlebt, obwohl alle schworen, dass es hier eigentlich immer dunstig sei. Diesmal erlebte sie Nebel. Aber gleich so dick, dass sowohl die Reiseleiterin als auch der Busfahrer übereinstimmend erklärten, hier noch niemals so zähen Nebel gesehen zu haben.

Naja, Freitag, der Dreizehnte, witzelte Maja, während die Gedankenfalter beunruhigt am Fenster herumwanderten.

Nur 14 Grad Celsius, stöhnten sie.

Keine Panik, wiegelte Maja ab. *Wir fahren noch ein ganzes Stück und ich kann notfalls auch zwei Jacken übereinander ziehen. Bin doch bestens ausgestattet.*

Auf dem großen Busparkplatz in Nähe des Hafens beschloss Maja, über den sehr dünnen, langärmeligen Baumwoll-Pulli eine Samtjacke und darüber eine ungefütterte Polyester Windjacke zu ziehen, die absolut regendicht war.

„Perfekt!", freute sie sich, weil es sich gut anfühlte.

„Kraaaaaah!", tönte von einem Grünstreifen die Bestätigung einer Nebelkrähe herüber, die Maja mit schief gelegtem Kopf zu begutachten schien.

Maja blinzelte dem Vogel vergnügt zu. *Hab einen schönen Tag.*

„Kraaaaaah, Kraaaaaah!" Die Krähe hüpfte vor dem nächsten Bus über die Straße und segelte schließlich majestätisch davon.

Sie klang erfreut, wisperten die Falter. *Als ob sie dich schon erwartet hätte.*

Wirklich? Maja war schon so in gespannter Vorfreude, dass sie das gar nicht bemerkt hatte. Sie strebte mit den anderen dem kleinen Schiff zu, welches sie über die Lagune zur Altstadt bringen sollte.

Schade, immer noch neblig, seufzte Maja, als sie einen der guten Außenplätze ergatterte. *Und das, wo ich mich so sehr auf Venedig gefreut habe! Aber andererseits sollte ich lieber glücklich sein, dass ich mitfahren konnte, nach dem Ärger mit der Tür heute Morgen. Es hätte ja auch ganz dumm kommen können.*

Stimmt! Mach das Beste aus dem Tag! Die Falter kuschelten sich wärmesuchend in den Ausschnitt der Windjacke.

Maja rief sich ins Gedächtnis, was sie über die alte Stadt auf Pfählen wusste. Zum Beispiel, dass dieser Landstrich schon von den Etruskern bewohnt worden war. Oder, dass es jetzt hier rund 400 Brücken gibt, die die Kanäle zum Teil sogar schräg überspannen. Einige Brückenschläge waren mit Festen verbunden worden, entweder aus religiösen Gründen aber auch, wie Ende des 16. Jahrhunderts, als Dank für die Errettung vor der Pest.

Das Schiff durchpflügte rasch die Lagune und Maja fotografierte die wundervollen historischen Gebäude, die fast gespenstig zu beiden Seiten des Fahrwassers aus dem grauen Nebel auf-

tauchten. *Venedig mal nur nachts, mal alles in grau —
ich bin nicht sicher, wie ich das verstehen soll. Ist es die
Aufforderung, ein drittes Mal hierher zu kommen oder
eher, die Finger von dieser Stadt zu lassen, weil sie mich
nichts angeht?*

Die Schmetterlingsgedanken waren genau so
ratlos wie Maja.

*Vielleicht will ja auch irgendwas aus dem Nebel der
Vergangenheit zurück in diese Welt?*

Auf diese Worte reagierten die Falter überzo-
gen panisch. Sie krochen noch tiefer in Majas
Jacke und wagten nicht, auch nur einen Ton von
sich zu geben. Ihnen musste wohl jemand wie
Anlamani, der Nubier, vorschweben.

Maja verließ indes schon das Schiff und
schaute sich auf dem Anlegeplatz genauer um,
denn hier war auch am Nachmittag der Treff-
punkt zur gemeinsamen Rückfahrt zum Bus.
Jetzt, im Herbst, hielt sich der Trubel etwas in
Grenzen, obwohl immer noch gigantische
Menschmassen über die Plätze und durch die
Gassen wogten.

Um sich bestmöglich vor Langfingern zu
schützen, trug Maja ihre Umhängetasche mit
den Reißverschlüssen zum Körper vor dem
Bauch, wobei sie sie auch noch festhielt. Fotografieren konnte sie problemlos auch mit einer
Hand. Zudem hielt sie sich im Inneren der

Gruppe und scherte nur aus, wenn sie ein Motiv besonders gut ablichten wollte. Venedig war grandios, das stand schon nach den ersten Minuten fest.

Trotzdem wirkte die Stadt auf Maja kalt, ja fast abweisend. Lag es wirklich nur am Grau des Nebels? Oder fühlte hier irgendwer oder irgendwas, dass sie die Geliebte Oberto Dorias war?

Sei bloß vorsichtig, wisperten die Schmetterlinge, wissend, dass das nicht viel nutzte, öffnete sich plötzlich ein Tor zur Vergangenheit.

Maja hörte sie nicht einmal. In Gedanken war sie weit, weit weg, bei den Schlachten Obertos, der Venedig kühn die Stirn geboten hatte.

Über die erste Brücke gelangten sie zum Dogenpalast, der durch die Seufzerbrücke (Ponte dei Sospiri), mit dem ehemaligen Staatsgefängnis verbunden ist. Weiter ging es Richtung Markusplatz und von da schlenderten sie mit der einheimischen Stadtführerin zum Markus-Dom.

Maja bedauerte es sehr, hier nicht fotografieren zu dürfen. So versuchte sie, sich Details einzuprägen, die in den offiziellen Bildbänden nicht erschienen. Und selbst das wurde erschwert, weil sie nicht stehenbleiben durfte. Nach wenigen Wimpernschlägen forderte sie bereits ein Wachmann auf: „Go, go, go!" Die Angst vor

Terroranschlägen war ja auch nicht unbegründet.

Seufzend begab sich Maja zum Ausgang, um nun doch fast buchstäblich über ein Detail zu stolpern, das ihr sehr wichtig war, und das sie sich wirklich genau anschauen konnte. Sie fand nämlich eine Gedenkplatte auf dem Fußboden, die die Stelle markierte, an der Kaiser Barbarossa vor dem Papst auf die Knie gegangen war und die den Frieden von Venedig für sie greifbar machte.

Im Augenblick macht also der deutsche Kaiser das Rennen, witzelten die Falter, als Maja ganz verzückt einmal die kleine Platte umrundete.

Im Sommer des Jahres 1177 war das gewesen, rekapitulierte Maja. Wie musste sich Rotbart wohl gefühlt haben, als er barfuß von den Gondeln zum Markus-Dom schritt? So wie die Venezianer seine offensichtliche Niederlage mit einem dreitägigen Fest begingen, hätte sie, als seine Hofpoetin, garantiert schon aus Trotz einen Lobgesang auf Barbarossa geschrieben.

„Huldigt Ihr fremden Göttern?", hörte sie einen Mann fragen und hob erstaunt den Kopf.

Vor ihr stand, im leichten Harnisch, Oberto Doria.

Majas Beine gaben nach und sie kniete plötzlich an genau der Stelle der kleinen Platte vor ihrem Geliebten auf dem Boden. Der reichte ihr die Hände und half ihr auf die Füße.

„Müsst Ihr büßen oder ist es die Freude, die Euch niederzwingt?", schmunzelte er, ihr fürsorglich sein Cape umlegend, damit die neumodische Kleidung nicht zu viele Blicke auf sie lenkte.

„Es ist die Freude, mein Liebster", hauchte Maja mit strahlenden Augen. „Man hat mich nach der Abreise aus Portofino recht rüde von Eurer Seite gerissen."

„Hat man Euch Gewalt angetan?"

„Nein", erklärte Maja, an seiner Seite auf einen der Paläste zuschreitend.

„Dann hätte ich Köpfe rollen lassen", murmelte Oberto zornig.

Aus einem Hauseingang wurden sie beobachtet. Der Fremde schob sogar seine merkwürdige Augenklappe hoch, um wirklich mit beiden Augen schauen zu können. Oberto hatte es genau wie Maja bemerkt. Er dirigierte sie in einen Winkel und zog zwei Masken aus der Tasche. „Rasch! Wir müssen den Palast auf anderem Weg erreichen. Man darf nicht wissen, dass ich hier bin!"

Auf verschlungenen Wegen führte er sie zu einem Seiteneingang des Palastes, nannte ein Codewort und erhielt Eintritt. Erst jetzt gewahrte Maja, dass er seinen Dolch offen in der Hand getragen hatte. Er steckte ihn nun auch frei erkennbar in den Gürtel.

„Wir sind nicht sicher", raunte er.

Ein Mann erschien, der ebenfalls eine Maske trug. Er würdigte Maja keines Blickes, redete leise und schnell auf Oberto ein, bekam entschieden klingende Antwort, überlegte, nickte und brachte beide zurück zur Tür.

„Es ist privat", erklärte Oberto kurz, sie am Arm zu den Gondeln führend, wo sich erst Jahrhunderte später die Rialto-Brücke erheben sollte. Er stieg ein und hielt ihr die Hand entgegen. Maja griff fest zu, hob den Fuß und fand sich an der Außentreppe des Markus-Doms wieder, wo ihr gerade jemand nach dem Betrachten der Gedenkplatte beim Aufstehen aus der Hocke half.

Maja bedankte sich etwas irritiert.

Wo bist du gewesen, flüsterten die Schmetterlinge, von der Decke herabfliegend, wo sie sich versteckt gehalten hatten.

Keine Ahnung, gab Maja zu. *Vielleicht kommen wir auf der Stadtführung daran vorbei, dann zeige ich es euch.*

Oberto?

Maja nickte kurz. Sie wusste ja selber nicht, in was sie da gerade hineingeraten war.

Auf dem weiteren Weg erkannte sie einige Häuser wieder, fand aber nicht die Abzweigung, die zum Palast geführt hatte. Im Grunde genommen war es ja auch egal. Der Fremde mit der Augenklappe hatte den Zeitenstrom gestört. Wobei Maja nicht einmal sicher sein konnte, dass es überhaupt ein Mann gewesen war.

Verkneift euch die Kommentare. Ich gebe Nico nicht freiwillig her, in welcher Gestalt er auch immer erscheinen mag. Notfalls …

Maja hatte sich nicht nur in Wallung geredet, sie hatte auch den Arm gehoben, als wolle sie mit einem Schwert zuschlagen. Erschreckt hielt sie inne, denn zwischen ihren Fingern fühlte sie tatsächlich den lederumwickelten Griff solch einer Waffe.

„Herr Maximilian, lasst das Schwert sinken. Dieser Kampf ist verloren."

Maja zuckte herum. Es gab nur zwei Männer, die sie als Maximilian kannten. Dieser hier gehörte allerdings nicht zu ihnen. Der brandrote Bart und die gediegene Rüstung erklärten wortlos, wer vor ihr stand.

Ohne Zögern befolgte sie den als Bitte geäußerten Befehl. Dabei streifte ihr Blick den eigenen Körper. Er steckte in einem Kettenhemd, dem man die Strapazen einer langen Schlacht ansah.

„Erfreut mich lieber mit Euren Poemen, damit ich für meinen schwersten Gang gewappnet bin", sagte Kaiser Barbarossa mit müder Stimme.

Freitag, der Dreizehnte. Das kann wirklich nur mir passieren. Maja zermarterte sich das Gehirn nach Versen, die zum Thema passten. Es gelang ihr auch recht gut, aus dem Stegreif etwas Sinnvolles zusammenzureimen, das sie Rotbart zu Gehör brachte.

Nach einer halben Stunde entließ er sie huldvoll winkend aus seinem Dienst für diesen Tag. Maja, oder Maximilian, wie sie der Kaiser genannt hatte, stand ziemlich verloren vor der Tür und hatte keine Ahnung, wohin sie sich wenden sollte. Mit allem hatte sie gerechnet, nur nicht damit, in völlig unbekanntes Geschehen geworfen zu werden. Sie hoffte inständig, dass Nico auftauchen und sie aus dieser misslichen Lage befreien werde.

Statt Nico tauchte Nebel auf, der träge über die Felder herankroch und alles in unangenehme Feuchte hüllte. Nach ein paar Minuten konnte sie nicht einmal mehr die Hand vor Augen erkennen. Alle Geräusche klangen völlig verzerrt. Bis plötzlich eine weibliche Stimme ziemlich deutlich sagte: „Und bei Hochwasser gehen die Menschen hier einfach auf den Stegen, die Sie hier aufgestapelt sehen."

Als habe jemand eine Absauganlage eingeschaltet, war der Nebel in der näheren Umgebung verschwunden und Maja stand inmitten ihrer Reisegruppe vorm Markus-Dom.

Ich will hier weg, jammerte der Schwalbenschwanz, worauf die anderen Gedankenfalter nickten heftig.

Warum? Jetzt wird es doch erst richtig interessant! Ich will die Rialto-Brücke sehen und von der Dachterrasse des Fondaco dei Tedeschi einen Blick über die Stadt werfen. Zumindest auf das, was der Dunst nicht verbirgt. Maja zog die Windjacke aus, weil die kaum sichtbare Sonne die feuchte Luft in eine Sauna verwandelte. Gemeinsam mit der deutschen Reiseleiterin ging sie auf Freizeitschnüffeltour.

Von wegen einfach so im Nobelkaufhaus auf die Dachterrasse gehen und den Canal Grande von oben bestaunen! Zwar kamen die beiden Frauen mit dem Lift problemlos nach oben, standen dann aber fast eine Viertelstunde Schlange, um überhaupt auf die Terrasse gehen zu dürfen. Wachpersonal ließ die Neugierigen in Zehnergrüppchen hinaus, nachdem es jene hereingebeten hatte, die schon eine Weile die Stadt betrachtet hatten.

Das *go, go, go* aus dem Markus-Dom fiel ihr ein, denn an der Tragfähigkeit des Daches konnte es nicht allein liegen.

Der seltsame Dunst, der heute über der Stadt lag, konnte Majas gute Laune nicht trüben. Sie fotografierte in alle Himmelsrichtungen und freute sich, hier sein zu dürfen. Sie gingen, bevor sie offiziell mussten, und beschlossen, gleich an der Rialto-Brücke ein Stück Pizza und einen Cappuccino zu genießen.

Nur hatte der liebe Gott vor die Belohnung den Schweiß gesetzt – die Reiseleiterin musste sich erst einmal um eine Dame aus der Gruppe kümmern, deren Portmonee gestohlen worden war. Nun stand man aber gerade auf der mit Menschen vollgestopften Rialto-Brücke und musste möglichst alle Sinne beisammen haben, um ungeschoren durch die Massen zu kommen.

Also behielt Maja, während sich die Reiseleiterin auf die Telefonate konzentrieren musste, die Taschen und Beutel im Auge, beziehungsweise lieber gleich im Arm, um nicht noch jemanden reicher zu machen, den fremdes Eigentum eigentlich nichts anging. Wenn es danach ging, dann war wohl in Venedig für Touristen allgemein jeder Tag ein Freitag, der Dreizehnte.

Die Gedankenfalter schienen Mittagsschlaf zu halten, denn sie verhielten sich auffällig ruhig.

Vielleicht war es ihnen aber für einen einzigen Tag wirklich zu turbulent geworden, denn noch nie war Maja zwei Mal in wenigen Stunden verschwunden und gleich noch in verschiedene Jahrhunderte. Und noch etwas war äußerst ungewöhnlich, die Tatsache, dass Maja in ganz alltägliche Szenen hineinversetzt wurde, die keinerlei frivolen Hintergrund hatten.

Maja dachte im Augenblick über ganz andere Dinge nach, nämlich darüber, dass sie hier weder Andenkenmünzen noch einen Prägeautomaten gefunden hatte. Da fiel ihr Blick auf einen großen Drachen aus Zinn an einem Lederband, der hervorragend zu ihrer Sammlung passte. Der Preis war nicht schlecht und schon wechselte das Schmuckstück in Form eines Unendlichkeitssymbols den Besitzer.

Nun hat der Dreizehnte doch noch ein gutes Ende gefunden, gab sie strahlend bekannt, als die Falter wieder munterer wurden.

Das glauben wir frühestens, wenn wir im Bus sind, oder spätestens, wenn wir das Hotelzimmer erreicht haben, antworteten die Falter mit anklagendem Unterton. *Du kannst ganze Völkerstämme in den Wahnsinn treiben.*

„Kraaaaaah!", ertönte es ganz aus der Nähe.

Siehst du, die Krähe sagt das auch! Die Schmetterlinge krochen in die Falten der Jacke und ließen sich bis zum Parkplatz nicht mehr sehen.

„Verrückte Bande", murmelte Maja, suchte sich einen gemütlichen Sitz auf dem Schiff, zückte ihren Fotoapparat, sang leise und fröhlich den Refrain des bekannten Schlagers „In Venedig ist Maskenball".

Das entnervte Schnaufen der Falter nahm sie gar nicht wahr.

Der Abend vor dem letzten Urlaubstag war lang geworden. Nicht nur, dass man erst sehr spät im Hotel anlangte. Maja hatte einen seltsamen Geruch im Zimmer bemerkt, der stark an Hundehaufen erinnerte. Sie beäugte argwöhnisch ihre Schuhsohlen, konnte aber nichts entdecken.

Zudem spielte jemand alle paar Minuten mit der elektrischen Markise, denn der kleine Motor brummte und brummte. Gegen null Uhr schien der Spielmatz endlich eingeschlafen zu sein, und es zog Ruhe ein.

Veroneser Geschichte(n)

Am Morgen ging das Gebrumme weiter. Nur bewegte es sich diesmal von links oben quer über die große Fensterfront nach rechts unten. Das war mitnichten ein Motor! Maja war mit einem Satz aus dem Bett und schaute hinter die geschlossene Gardine. Nichts zu sehen und nichts zu hören. Also Balkontür ganz weit auf und Lüften, weil es noch immer so merkwürdig roch.

Eine Dreiviertelstunde später saß sie bereits im Bus Richtung Verona und stöberte, weil die Po-Ebene innerhalb 24 Stunden ja nun wirklich nichts Neues zu bieten hatte, außer einem Blick auf den sonst üblichen Dunst, der den Landstrich mit dringend nötiger Feuchtigkeit versorgte, in einem interessanten Buch, welches die Reiseleiterin geschrieben hatte. Die Felder mussten ja alle zusätzlich künstlich bewässert werden, brachten aber auch reiche Erträge, wie Maja wusste.

Diesmal schaffte es die Sonne sogar, die Wolken zu zerteilen, bevor sie am Zielort ankamen. Maja genoss also den wundervollen Blick auf die alten Stadttore, erheblich jüngere Jugendstilhäuser und natürlich den Fluss Etsch, der in der

Sonne funkelte und auf und an dem sich Unmengen Vögel tummelten. Der Bus hielt und die die Gruppe stieg aus.

Maja spähte über das Geländer zum Wasser hinunter und begann zu lachen. *Ei, schaut mal die vielen Nebelkrähen! Sie sind ja putzig! Die sehen alle aus, als trügen sie Frack und Chemisette!*

Oder wie zu klein geratene Pinguine, warf einer der Gedankenfalter kichernd ein.

Hast du schon mal Pinguine fliegen sehen, fragte ein anderer Schmetterling grinsend.

Maja stöhnte mit lustig verdrehten Augen auf. *Oh, oh, was soll nur aus diesem Tag werden, wenn es gleich morgens mit euch so losgeht?*

Es kann nur besser werden, witzelten die Gedanken und setzten sich auf Majas Schultern.

Ach, jetzt seid ihr auch noch zu faul, selbst zu fliegen! Maja blinzelte fröhlich.

Hinten in der Reisegruppe ging es weniger vergnüglich zu. Dort war eine ältere Dame über die Bordsteinkante gestolpert und hatte sich am Kopf verletzt. Sie hatte sich so auf Verona gefreut, dass sie, allen Einwänden zum Trotz, am Ende die ganze Tagestour tapfer mitmachte.

Die Räter und Euganeer, hatten 550 vor Christus, die erste Siedlung gegründet, welche später vom gallischen Stamm der Cenomanen erobert worden war. Im Jahr 89 vor Christus war Verona eine römische Kolonie geworden.

Asterix war bestimmt auch hier, ließen sich die Gedankenfalter hören.

Na klar, was sonst. Haltet also die Augen offen. Vielleicht liegt ja noch irgendwo eine Flasche Zaubertrank von Miraculix herum.

Maja fotografierte von der Ponte Nouvo aus, die wundervollen Bauten an und auf den Talhängen, wie das Teatro Romano aus dem Jahr 20 vor Christus. Alles fühlte sich seltsam gut an, als gehöre sie hierher.

Weiß man es, flüsterten die Gedanken. *Vielleicht kennst du gar nicht all deine Reinkarnationen?*

Muss ich das? Maja wandte sich noch einmal nach den vielen geschäftig herumfliegenden Krähen mit den hellgrauen Bäuchen um. *Ich denke, daran sind die wundervollen uralten Gemäuer schuld. Bei deren Anblick geht mir doch glatt das Herz auf. Das ist greifbare Geschichte. Das ist eine Stadt, die schon vor zwei Jahrtausenden manchen Sturm erlebt und überstanden hat. Marmorne Gehwege und Straßen im ältesten Teil der Stadt – wo findet man das sonst? Dass die bei Regen mit Sicherheit arschglatt sind, ist nur die Kehrseite der Medaille.*

Wie vulgär! Die Falter brachen in wieherndes Gelächter aus.

Vor einer roten Mauer mit den Schwalben-schwanzzinnen der Scaligeri gab die örtliche Reiseleiterin die ersten Erklärungen zum Thema Romeo und Julia. In dem Haus hinter dieser Mauer siedelte man nämlich den jungen Mann an, dem William Shakespeare den Namen Romeo gegeben hatte.

Das sind beileibe nicht die einzigen Liebenden, die nicht zueinanderfinden dürfen, merkte Maja trocken an.

Es wäre nur für die Tragödie völlig unromantisch gewesen, hätten sie das Beste aus der vertrackten Situation gemacht, erwiderten die Falter.

Stimmt, da bin ich besser dran, feixte Maja anzüglich, bereits die Prunkgräber der letzten herrschenden Scaligeri ins Visier nehmend, deren Allerletzter sich mit wenig Ruhm bekleckert, aber sein Grab noch zu Lebzeiten umso pompöser hatte bauen lassen. Erst hatte Antonio Misswirtschaft betrieben, dann seinen Bruder Bartolomeo II., seinen Mitregenten, erschlagen, und war zuletzt nachts aus Verona geflohen, was gleichzeitig das Ende der Scaliger-Herrschaft bedeutete.

„Mit Bruder- oder Gattenmord waren sie hier überall recht fix", murmelte Maja, „und Digitalis wächst ja in Europa wirklich allerorten."

196

Sie erinnerte sich, dass man einen der Besten aus dem Hause der Herren der Leiter, den man Cangrande (Großer Hund) nannte, mittels Fingerhut beiseite geräumt hatte.

Ich mache mir Sorgen, gab der Schwalbenschwanz mit zitternder Stimme bekannt, weil sich Maja doch besser in der Geschichte der Scaligeri auskannte, als sie stets zugegeben hatte. *Wer war die Gestalt in Venedig und was hat sie gewollt? Und warum fühlst du dich, als gehörtest du hierher?*

Entspann dich! Wir schreiben das Jahr 2017 und kein Mensch kennt mich in dieser Stadt. Warum sollte mir also jemand ans Leder wollen? Maja hatte keine Lust auf Diskussionen.

Ha, ha, ha, sagte der Falter sehr pikiert. *Ich erinnere mich sehr gut an gestern. Wie war das gleich noch mit Rotbart? Ich möchte nicht annehmen, dass du wirklich in seine Zeit wolltest. Hoffentlich sind die vielen Krähen im Frack nicht Vorboten von irgendwas Schlimmem!*

Könnte ich es ändern? Maja machte mehrere Detailaufnahmen von den Gebäuden auf der Piazza dei Signori und dem Dante-Denkmal.

Über die Piazza Erbe, wo ein großer Markt stattfand, gingen sie hinüber zur Straße mit dem Haus, in welchem man Julia einen Platz in der realen Welt gegeben hatte. Der Durchgang zum Innenhof mit dem berühmten Balkon war mehr als gewöhnungsbedürftig. Man hatte ihn, weil er ständig neu beschmiert wurde, schon mit Platten verkleidet, die allesamt dicht an dicht mit Namen und Sprüchen bedeckt waren. Dabei scheuten sich die Julia-Süchtigen nicht einmal, auch noch Zettel per Kaugummi oder mit Stiften beschriebene Heftpflaster anzukleben.

Fehlt bloß noch, dass jemand eine vollgeschriebene Damenbinde dranklebt, weil man mehr Text darauf unterbringen kann, grollte Maja.

Wird es sicher schon gegeben haben, meldete sich ein Falter, um sofort wieder tief in Majas Strickjacke abzutauchen.

Maja fotografierte rasch den zufällig leeren Balkon, schüttelte den Kopf über die vielen Verrückten, die unbedingt Julias Busen begrapschen mussten, weil das Glück bringen sollte und machte, dass sie aus dem Hexenkessel der Tollerei heraus kam.

„Nur Irre auf dieser Welt", stöhnte sie, als sie die nächste Straßenecke erreicht hatte, wo sich die Gruppe treffen wollte, um gemeinsam zur Arena weiterzugehen.

Maja widmete dem weltweit drittgrößten Amphitheater, das sich aus der Antike erhalten hatte, gleich eine ganze Bilderschiene. Es musste ein beeindruckendes Erlebnis sein, als eine von

22.000 Zuschauern, die das Rund heute fasste, einer Oper oder einem Konzert beizuwohnen.

Dann stand auch schon die individuelle Freizeit an, die Maja wieder mit der Reiseleiterin verbrachte. Beide wollten zurück zu jener Straße, wo sie auf der Anfahrt die Jugendstilhäuser gesehen hatten. Dort befand sich nämlich auch ein Stadttor, das Maja nicht hatte fotografieren können, weil es auf der anderen Busseite stand.

Mit dem Stadtplan in der Hand legten sie fest, die kilometerlange Flussbiegung einfach quer abzuschneiden und zwei Brücken vor Ponte de Nuovo, also auf der Ponte Garibaldi, den Fluss zu überqueren. Der Plan ging auf und sie kamen direkt an den begehrten Häusern heraus. Weil durch den eingesparten Weg Zeit im Überfluss vorhanden war, ließen sie sich viel Zeit beim Fotografieren, entdeckten ein hübsches privates Schlösschen in einer Seitenstraße und legten fest, durch einen kleinen Park eine Brücke weiter den Fluss erneut zu überqueren.

Auf dem Weg dahin standen sie plötzlich vor der Chiesa di San Giorgio in Braida. Weil beide ohnehin die gleichen Interessen hatten, betraten sie, zwar etwas zögerlich, das Innere der Kirche. Maja schaute sich um. Hier waren nirgends Schilder mit Fotoverboten zu finden und so zog sie das Smartphone hervor, um die ungewöhnlich strahlenden Farben der riesigen Gemälde einzufangen.

Tintoretto? Maja war sich nicht sicher.

Der Stil des Gemäldes über dem Hauptportal passte jedenfalls zu diesem Meister. Da ging eine Seitentür auf und ein Geistlicher kam schnellen Schrittes auf Maja zu.

Oh, oh, beim Fotografieren erwischt, schoss es ihr durch den Kopf und sie machte sich auf eine Standpauke gefasst.

Statt des erwarteten Donnerwetters bekam Maja ein freundliches Lächeln und wurde gefragt, woher sie käme.

„From Germany. I did not expect to find such wonderful paintings. Surely not many tourists come here?" (Aus Deutschland. Ich habe nicht erwartet, solch wundervolle Gemälde zu finden. Hier kommen doch sicher nicht viele Touristen hin?)

Er nickte bekümmert. „Yes that's true. We even have paintings by Tintoretto." (Ja, das stimmt. Dabei haben wir sogar Gemälde von Tintoretto.) Er zeigte auf die grandiosen Werke an den Wänden.

Ah ja, also doch ein Tintoretto, dachte Maja erfreut und schwärmte auf Englisch von den herrlichen Farben.

Der Geistliche sagte, Maja solle einfach durch die Absperrung vor dem Altar gehen und warten. Was sie auch tat. Ehe sie dazu kam, sich über die seltsame Anweisung zu wundern, gingen in der ganzen Kirche die Lichter an ...

Etwas Kühles, Metallenes berührte Majas Hand. Erschreckt drehte sie sich um und wäre vor Entsetzen fast ohnmächtig geworden. Das gesamte Kirchenschiff saß voller Menschen in der Kleidung des mittleren 15. Jahrhunderts. Sie selber stand, in ein himmelblaues seidenes Brautkleid mit breiten funkelnden Goldborten gehüllt, neben einem Mann, den sie nie zuvor gesehen hatte, dem sie aber soeben angetraut werden sollte.

Wohl nicht ganz freiwillig, denn seine Finger, mit einem auffallend großen Edelstein-Ring, umfassten schmerzhaft ihr Handgelenk. Nun riss sie gar ein kurzer Ruck ziemlich unwirsch herum, ganz nach dem Motto: Da vorn spielt die Musik!

Maja verstand von dem, was der Priester sagte, Bahnhof. Sie spürt nur instinktiv, dass jeden Augenblick der Segen über die unselige Verbindung gesprochen werden würde. Sie hatte nicht einmal verstanden, wer der Adelsherr war, mit dem man sie verbandeln wollte, nur dass der soeben mit einem hämischen Seitenblick zu ihr laut: „Sì!", sagte.

Bevor sie der Priester endgültig in die eheliche Obhut des Unbekannten übergeben konnte, flog mit einem Krachen die Tür der Kirche auf und unterbrach die Zeremonie. Es wurde totenstill. Nur die festen Schritte eines eintretenden Mannes, der sich aufreizend langsam dem Altar näherte, klangen als Echo nach.

„Che cosa è questa farsa?" (Was soll diese Farce?), fragte der Ankömmling mit drohend zusammengezogenen Augenbrauen. „È mia moglie, Dio mi è testimone!" (Sie ist meine Gattin, Gott ist mein Zeuge!)

Der Priester bekreuzigte sich, die Damen flohen kreischend aus der Kirche, die Herren machten sich indes auf eine handfeste Auseinandersetzung der beiden Kontrahenten gefasst.

Maja stand wie eine Salzsäule, unfähig, auch nur ein Fingerglied zu rühren. Sie begriff nicht, was hier soeben geschah, obwohl sie die Worte gehört und sogar verstanden hatte.

Den Blick auf den verhinderten Bräutigam gerichtet, zischte der unverhoffte Retter auf Deutsch: „Ritter Georg von Hohenfreyberg schickt mich. Lauft um Euer Leben!"

Maja kreiselte herum und … prallte an den Opferstock. Von einer mittelalterlichen Hochzeit war keine Spur zu entdecken.

Ihr rasender Herzschlag beruhigte sich schnell und sie fotografierte die vielen hell angestrahlten Gemälde, als sei nichts geschehen. Allerdings steckte sie, als Dank für die Rettung aus höchster Not und für die Freundlichkeit des Kirchenmannes aus der realen Welt, das Geld, welches sie als Notgroschen in der Jackentasche getragen hatte, noch rasch als Spende in den Opferstock.

Mit vielen, aus tiefstem Herzen kommenden, Dankesworten verabschiedete sie sich und strebte dem Ausgang zu. Bevor sie die Tür erreichte, kam eine junge Frau auf sie zu und zeigte auf das Gästebuch. Maja nickte lächelnd und trug sich ein. Der sichtbare Beweis, dass sie wirklich hier gewesen war.

Da flutscht die Unterschrift schon besser, als auf einer fingierten Eheurkunde, dachte sie, in den Sonnenschein hinaus tretend, wo die Reiseleiterin schon auf sie wartete.

Alles gut, fragten die Falter, die gar nicht mitbekommen hatten, was für ein Drama sich um Maja abgespielt hatte, nur dass sie wieder einmal kurzzeitig von der Bildfläche verschwunden war.

Alles gut. Ich denke nur gerade über die vier möglichen Stufen einer mittelalterlichen Veroneser Adelsehe nach.

Und die wären?

Verliebt, verlobt, verheiratet, vergiftet.

Du machst uns Angst!

Ehrlich? Nur die Harten kommen in den Garten. Am besten 60 Zentimeter unters Rosenbeet.

Das entsetzte Aufkreischen der Falter ließ Maja süffisant lächeln. *Seit wenigen Minuten weiß ich ziemlich sicher, dass es in gewissen Kreisen im Mittelalter hier nicht hieß: Leben und leben lassen. Sondern: Sterben und gestorben werden.*

Dass, statt wundervoll bunter Falter, plötzlich graue Motten und blasse Kohlweißlinge um sie herum flogen, quittierte sie mit einem Schulterzucken. Nun verstand sie aber die Sache mit den Krähen im Frack. Wahrscheinlich hatten diese damals als Publikum in der Kirche gesessen und waren dazu verdammt worden, als Vögel zurückzukommen.

Auf dem weiteren Weg zur Ponte Pietra passierten Maja und die Reiseleiterin einen Uferbereich, auf dem ein kleines Fest stattfand, und fanden einen Infowagen über die Region. Dort bekamen sie auch Material über Ausflugsziele im Bereich Gardasee. Zwar nichts grundlegend Neues, aber alles hübsch in einem Heft zusammengefasst.

Zufrieden überquerten sie die Brücke, um sich einen Happen und ein Heißgetränk in einem der kleinen Straßenrestaurants in der Innenstadt zu holen. Anschließend durchstreiften sie noch ein Bekleidungskaufhaus, ohne wirklich den ultimativen Fummel, den man unbedingt haben musste, zu finden.

Von da aus wanderten sie zum kleinen Park an der Arena, der als Treffpunkt für die Rückkehr zum Busparkplatz abgesprochen worden war. Hier sammelte die Reiseleiterin auch noch Gäste eines anderen Busses des gleichen Reiseunternehmens ein, die schon völlig verzweifelt waren, weil sie den Weg nicht mehr wussten und sich liebend gern anschlossen. Mit dieser Gruppe kamen sie zwar fast eine Stunde zu früh, aber wenigstens sicher ans Ziel.

Maja freute sich auf die riesigen Skulpturen aus dem Fundus der Arena, die hier zu Werbezwecken ausgestellt waren. Besonders natürlich auf die Gladiatoren in imposanter Rüstung. Warum sie dann aber nicht wirklich jedes Detail fotografierte, sollte wohl für immer ein Rätsel bleiben.

Auf der langen Rückfahrt zum Hotel fiel ihr dann wieder das brummende Etwas ein, mit dem sie wohl auch noch einen Kampf auszufechten hatte. Keine Ahnung, was es sein konnte, gruselte sie sich davor, dieses Ding noch eine Nacht lang im Zimmer zu haben. Wenn es da plötzlich im Dunkel aus seinem Versteck käme und … Maja schüttelte sich angeekelt.

Nach dem Abendbrot wollte sie aber zuerst ganz in Ruhe ihren Koffer packen, ehe sie sich auf die Jagd begab. DAS schien dem Biest aber zu missfallen. Es kam plötzlich laut brummend unter der Gardine heraus und flog Maja direkt an. Die brachte sich mit zwei schnellen Sprüngen in Sicherheit, riss ein Handtuch vom Haken und schlug nach dem ungebetenen Gast, der auf den ersten Blick ein gewaltig großer Käfer sein musste. Genau neben ihrem offenen Koffer stürzte das Insekt hinterm Sofa ab.

Maja bekam es mit der Panik. Sie klappte den Koffer zu und zog ihn hektisch aus der Gefahrenzone. Keine Sekunde zu spät, denn das Untier kam soeben unter dem Sofa hervor und wollte zum nächsten Rundflug starten. Doch da hatte Maja schon das Handtuch darüber geworfen, das Tier eingewickelt und schnurstracks auf den Balkon befördert. Mitsamt Handtuch. Und dann begann es aus dem Tuch plötzlich wieder so seltsam zu riechen ...

Ein paar schnelle Recherchen bei Tante Google – Maja hatte die braune Winterform der eigentlich hellgrünen Stinkwanze zu Gast gehabt.

Mann oh Mann! Wenn die dich anstinkt, dann stinkst du aber ab! Der Schwalbenschwanz fächelte sich mit den Flügeln frische Luft zu.

Stellt euch mal vor, die hätte mich oder meinen Koffer erwischt! Das wäre morgen eine Fahrt! Der Fahrer würde mich doch glatt hinten als Katzenauge anzwecken!

Maja ließ das Handtuch bis zum nächsten Morgen draußen liegen.

Heimreise mit Hindernissen

Das Frühstück am Abreisemorgen hatte, wie stets, etwas Endgültiges, obwohl Maja ziemlich sicher war, irgendwann wieder nach Italien zu kommen. Die Koffer waren rasch verstaut, weil alle Reisenden am selben Ort aussteigen mussten. Maja sicherte zwei Beutel mit dem Gurt des freien Nachbarsitzes und freute sich auf den geplanten Einkauf in Mori. Sie hatte vor zwei Tagen ganz einfach nachgefragt, ob so etwas vorgesehen sei, und hatte offene Türen eingerannt. So richteten sich alle darauf ein, die letzten Mitbringsel und Lebensmittel in der Kleinstadt zwischen Rovereto und Riva del Garda zu kaufen, statt diese direkt aus Garda mitzuschleppen.

Der Bus verließ bei schönem Wetter die Hoteleinfahrt und nahm die Straße direkt am Wasser entlang, was das letzte Highlight der Reise hier am See sein sollte. Es war kaum Verkehr und die Fahrt verlief ganz entspannt. Zumindest so lange, bis plötzlich bei Torri del Benaco Polizei stand und dem Fahrer sagte, dass er wenden müsse, weil die Straße nach Torbole wegen eines Marathons gesperrt sei.

Nun wenden Sie mal mit einem 12 Meter langen Bus auf einer schmalen Uferstraße! Und haben Sie dabei einen jungen Verkehrspolizisten im Nacken, der keine Ahnung hat, wie das bei einem Reisebus überhaupt vonstattengeht! Er wies jedenfalls an, dass sofort gedreht werden sollte, kapierte aber schon beim ersten Versuch, mit dem der Fahrer demonstrierte, dass das völlig unmöglich sei, dass sein Befehl voll für den Eimer war. So durfte der Bus passieren, aber nur, um eine geeignete Stelle zu suchen.

Das tat der Fahrer auch, wobei ihm, der immer gelächelt hatte, deutlich anzusehen war, dass er den jungen Polizisten am liebsten durch das Fenster herein gezogen hätte. Alle hatten ihn als Meister der Spitzenklasse auf seinem Fahrzeug kennengelernt, der wahre Wunder vollbrachte. Aber er war nun wirklich nicht allmächtig. Erst nach mehreren Kilometern fand er eine zufriedenstellende Lösung. Auf einer kleinen Kreuzung aus der schmalen Straße und zwei sich gegenüberliegenden Einfahrten gelang das haarsträubende Manöver unter dem frenetischen Beifall von allen Plätzen.

Nun gab er im Rahmen der verkehrstechnischen Möglichkeiten ordentlich Gummi, um einen Teil der verlorenen Zeit wieder aufzuholen. Das, was er murmelte, als er den Verkehrposten erneut passierte, identifizierte Maja im Innenspiegel an den Lippenbewegungen als *Arschloch*. Das dachten wohl auch die über vierzig Reisenden, manche sogar recht laut.

Die Erklärung der Reiseleiterin, man habe auch den auf der anderen Seite Sitzenden den wundervollen Gardasee zum Abschied zeigen wollen, ließ endlich die Mundwinkel des Fahrers wieder nach oben steigen.

„Wir fahren trotzdem nach Mori, wie wir es versprochen haben, weil wir selber ja auch einkaufen wollen", erklärte er. „Dass wir jetzt fast eine Stunde verloren haben, hätte auch irgendwo im Stau passieren können."

Beifälliges Murmeln von allen Seiten.

„Wer was im Hotel vergessen hat, könnte es jetzt noch holen", schlug die Reiseleiterin lachend vor, als man an dem gut bekannten Tor vorüberfuhr.

Dann erklomm der Bus die steile Straße und ließ den strahlend blauen See endgültig hinter sich. Bis Mori dösten die meisten Reisenden vor sich hin, um dann schlagartig munter zu werden.

Maja schnappte sich einen Korb und arbeitete flink ihren imaginären Einkaufszettel ab: Limoncello, Oliven, Pesto und bunte Pasta in allen Varianten.

Nach weniger als einer halben Stunde hatten alle ihre Einkäufe getätigt, in jedem freien Winkel im Bus verstaut und es ging zielstrebig Richtung Heimat. Zumindest bis Bozen, wo eine Baustelle nun doch noch für Stau sorgte.

Dafür wurden sie dann mit einem herrlichen Blick auf die in der Sonne strahlenden Schlernspitzen belohnt und zum Seiser Plateau. Maja dachte an ihre Dolomitenrundreise zurück, wo sie auf der größten Alm Europas bis zur Ritsch Schwaige gewandert war, um dort einen Espresso mit einer Kugel Orangeneis darin zu genießen.

Wirst du jetzt sentimental, fragten die Gedankenschmetterlinge teilnahmsvoll.

Wie immer, wenn ich die Berge wieder verlassen muss, seufzte Maja.

Du kommst sicher wieder her, tröstete sie der Schwalbenschwanz.

Maja lächelte versonnen. *Das will ich doch ganz stark hoffen.*

An der Raststätte Lanz am Brenner neben den Plessi-Museum war erste Rast, wo es auch, auf Wunsch, Würstchen am Bus gab. Maja kannte sowohl Museum als auch Raststätte und ging die Pause ganz in Ruhe an. Ehe das große Rennen auf Kaffee und Würstchen einsetzte, hatte sie ihre bereits verzehrt und suchte danach gemächlich das stille Örtchen auf.

Sie stieg die Stufen zum Museum hinauf, wandte sich nach links, öffnete die Tür und stand in einer fremden, trotzdem sehr bekannten Welt.

„Ihr kommt spät, meine Liebe. Ich war schon in Sorge, Ihr wäret Wegelagerern in die Hände gefallen."

„Sigmund?!" Maja wusste nicht, ob sie sich freuen oder zutiefst erschrecken sollte.

Er schien es nicht zu bemerken, reichte ihr seinen Arm und führte sie zu einer Bank, wo er sie sofort auf seinen Schoß zog.

„Es hat mich einige Mühen gekostet, Euch vor einer Zwangsheirat zu bewahren." Er deutete auf einen Raben auf einer Stuhllehne, welcher, wie eine Brieftaube, eine kleine lederne Kapsel am Bein trug und der Maja neugierig musterte.

In Majas Kopf jagten sich die Gedanken. 1000 Fragen waren offen, auf die sie gern eine Antwort gewusst hätte.

„Dann stellt sie doch!", hörte sie Sigmund sagen und zuckte zusammen.

„Woher …?"

Sigmund nahm seinen Hut ab, unter dem zwei Tagpfauenaugen zum Vorschein kamen.

„Mir hat es kein Vöglein gezwitschert, sondern ein Schmetterling erklärt", lachte er, immer mehr Nicos Gesichtszüge annehmend. „Ich liebe dich verbotenerweise und weiß nun ganz genau, dass du nicht nur mit mir spielst. Sonst hättest du mir nicht deine intimsten Gedanken als filigrane Schmetterlinge gesandt."

Maja kuschelte sich in seine Arme. „Spielte ich nur, würde ich nicht in aller Herren Länder ein Tor zu dir suchen. Dass es trotzdem nur eine Art Spiel, wenn auch ein ernstes, sehr leidenschaftliches, bleiben kann, wissen wir beide. Ich will deine Nähe, deine Wärme und deine Liebe spüren, wann immer sich auch nur die kleinste Möglichkeit ergibt."

Sie schloss die Augen, um die Wanderung seiner Fingerspitzen unter ihren Pulli zu genießen. „Gestern glaubte ich, nur noch wenige Stunden zu leben zu haben."

„Es stand in der Tat auf Messers Schneide", flüsterte Nico. „Er hätte dich noch in der Hochzeitsnacht umgebracht."

„Warum?"

„Es ging um eine Erbschaft, die er nur bekommen sollte, wenn er verheiratet sei. Eine Fremde in der Stadt war das ideale Opfer, nach dem keiner suchen werde. Deine Affinität zum 15. Jahrhundert war dein Verhängnis. Du musst genau zu jener Tageszeit in der Kirche gewesen sein, zu der damals die unselige Zeremonie stattgefunden hat. Sonst hättest du auch nicht das blaue Kleid, sondern deine Jeans getragen."

Maja riss die Augen auf. „Woher weißt du das alles?"

„Das erkläre ich dir vielleicht irgendwann später. Ich habe, um dich zu warnen, schon in Garda versucht, per Telefon Kontakt mit dir aufzunehmen. Du hast mir aber so vor der kleinen Kamera eingeheizt, dass ich völlig vergessen habe, weshalb ich angerufen hatte. Dann kam auch noch meine Frau herein."

„Männer!", sagte Maja in einem Tonfall, der Nico veranlasste, sie innig zu küssen.

„Schwörst du, dass ich der Einzige bin, der bei dir Privilegien genießt?!"

„Ich schwöre es. Du müsstest doch inzwischen gemerkt haben, dass ich süchtig nach dir bin. Aber sprich bitte weiter!"

Nico ringelte eine ihrer Haarsträhnen um seinen Finger. „Dann habe ich in Venedig versucht, mit dir zu reden. Da warst du plötzlich verschwunden, als ich dir in die Gondel helfen wollte." Nico winkte ab. „Na ja, an diesem Tag gab es allgemein Tohuwabohu."

Maja schmunzelte. „Ja, das kann ich bestätigen. Aber das erklärt alles nicht, woher …"

Nico legte ihr den Zeigefinger auf den Mund. „Ich kann dir nicht sagen, warum das so ist. Nicht weil ich nicht will oder nicht darf, sondern weil ich es ganz einfach nicht weiß. Du wirkst auf mich wie ein Magnet. Mal ziehst du mich an, mal stößt du mich ab. Und wenn ich gar nichts fühle, werde ich unruhig, weil dann irgendetwas zwischen uns steht."

„Trotzdem musst du ja von irgendwoher gewusst haben, dass mir am Tag X jemand den Rest geben wollte", warf Maja ein.

Nico seufzte. „Von ihm." Er deutete mit dem Kopf auf den Raben. „Du gibst sonst doch keine Ruhe. Dir ist ja bekannt, dass diese Vögel zwischen den Welten wandern. Er hatte den Auftrag, dich zu überwachen, aber auch zu beschützen. Und ich finde, er hat seine Aufgabe bestens erfüllt. Zumal du ja selber immer mit seinen Verwandten kommuniziert hast. Wir waren also stets bestens unterrichtet."

„Kraaaaaah", schnäbelte der Rabe leise, was überaus zufrieden klang.

Maja presste die Lippen aufeinander. „Das ist ja mal wieder typisch. Mit jeder Antwort ergeben sich zehn neue Fragen. Hast du wenigstens einen Hinweis für mich, wie groß mein Zeitfenster noch ist, ehe ich zum Bus zurückmuss?"

„Groß genug für eine ganz heiße Nummer", blinzelte er, sie auf die Arme nehmend und zu seinem Bett tragend.

„Ganz heiß? Dann raus aus den Klamotten, sonst wird's nur Blümchensex!" Maja warf in hohem Bogen T-Shirt und BH auf eine Truhe neben dem Bett.

Augenblicke später fielen beide wie hungrige Raubtiere übereinander her. Nicos Zunge wanderte über ihren Körper und bereitete ihr eine Lust, die sie schon lange nicht mehr gespürt hatte.

„Ich brauche dich. Immer und immer wieder", hauchte Maja.

„Wir werden einen Weg finden, mein Schatz", versprach Nico. „Es muss überall Tore geben, die wir zu nutzen, lernen müssen."

Maja wechselte auf Nicos Oberschenkel, um, auf ihm sitzend, noch einmal Erfüllung zu finden.

„Kraaaaaah", tönte es vor dem Fenster.

„Du musst dich beeilen", sagte Nico, Maja fest an sich pressend und sie zum Abschied sinnlich küssend. „Wir spüren uns bald wieder!"

„Ja", freute sich Maja, rasch in die Kleidung schlüpfend. Anschließend huschte sie hinaus und fand sich im Vorraum der Toilette wieder. Ein Blick auf die Uhr, sie hatte den Bus vor gerade einmal fünf Minuten verlassen, also noch reichlich Zeit, vor der Weiterfahrt die Sonne zu genießen.

Wo warst du schon wieder, zeterten die Schmetterlingsgedanken.

Na wo wohl?! Maja lachte vergnügt. *Ich habe mir ein paar Antworten auf die Fragen zu Verona geholt.*

Nur dazu? Der Schwalbenschwanz schaute sie kritisch an, während die anderen Falter bereits als Heiligenschein um ihren Kopf kreisten. *Was frage ich so dämlich,* murmelte er resigniert.

„Kraaaaaah, Kraaaaaah, Kraaaaaah", lachte es auch vom nächsten Baum.

„Mach's gut, mein Schwarzer", flüsterte Maja. „Grüß Paul von mir!"

„Kraaaaaah!"

Maja stieg in den Bus und machte es sich bequem. Sie wollte den Rest der Reise nun völlig entspannt verbringen. Die Sonne schien ihr den Abschied von Tirol und Sigmund noch versüßen zu wollen, gleichzeitig aber für ein baldiges Wiedersehen zu werben. Sie strahlte nämlich so wundervoll über Innsbruck, dass die *Seegrube* und der Alpenzoo deutlich zu erkennen waren. Rabe Paul hatte sicher schon die Grüße erhalten.

Diesmal ging die Fahrt wieder über Kufstein zurück nach Deutschland. Man schaffte es sogar staufrei an München vorbei. Fest stand nur, dass, nach noch zwei Stopps, in Stollberg Fahrerwechsel sein musste, damit die Lenkzeiten eingehalten werden konnten.

Irgendwann gegen 21 Uhr war Maja wieder zu Hause. Mit wundervollen Eindrücken aus der der Region Venetien und sehr zufrieden, denn Nico wollte sich nun öfter melden. Das hatte er fest versprochen.

Da summte auch schon das Handy mit einer SMS. „Schlaf schön, mein Liebling! Nico."

„Du auch! 1000 Küsse!"

Die Antwort kam sogar an.

Was sagt uns das, sprachen die Gedankenfalte mehr zu sich selbst.

Dass sie es in Zukunft ein bisschen ruhiger angehen wird, orakelte der Admiral.

Na, dass du dich da mal nicht irrst! Ich kenne Maja, erwiderte der Schwalbenschwanz. *Die wird uns auch weiter quer durch Europa führen. Schließlich ist sie Schriftstellerin und braucht Stoff für Neues.*

Stimmt! Na, das kann ja noch heiter werden!

Sicher. Gute Nacht.

„Gute Nacht!", antwortete Maja amüsiert grinsend laut, um dann ganz still vor sich hin vom nächsten Treffen mit Nico zu träumen.

wird fortgesetzt

Alle weiteren Bücher aus dieser Reiseserie:

Band 1:   **Band 2:**

Band 4:   **Band 5:**

Noch mehr spannende Serien finden Sie auf:
www.reni-dammrich-geschichtenzauber.de
und im gut sortierten Handel.